KB119524

스물아홉 나는, 유쾌하게 죽기로 했다

숑둔 글·그림

바이브릿지
BJBRIDGE

내 미소가
세상의 먹구름을 걷어내주길 바랄게,
당신을 위해!

※ 일러두기

본 작품은 중국 병원에서의 치료 과정을 담고 있습니다.
우리나라와는 다를 수 있습니다.

: : 세상에서 종양군은 이미 사라졌다

숑둔은 어려서부터 장난꾸러기였다. 산으로 바다로 뛰어다니며 못하는 일이 없었다. 그녀는 대학 시절부터 이미 예술가의 모습을 하고 있었다. 머리를 오색찬란한 색깔로 염색하는가 하면 대머리 노인처럼 밀기도 했다. 물감이 가득 묻은 데님을 입기도 하고 딸깍 소리를 내는 통굽을 신고 바람을 가르며 다니는 모습은 영락없이 '자유로운 영혼'이었다.

대학을 졸업한 뒤, 숑둔은 상하이로 갔다. 그녀는 상하이에서 남들처럼 아침에 출근해서 저녁에 퇴근하는 직장에 들어가 장난감 디자이너가 되었다. 그러던 어느 날 우연히 천야사 지역에서 투라오야(塗老鴉)의 연재만화 《소공자들의 그 일》을 보게 되었다. 이 작품을 보고 숑둔은 강렬한 창작 욕구를 느꼈고 곧바로 여성 버전을 그렸다. 그것이 바로 그녀의 처녀작 《숙녀양성일지》다.

상하이에서 숑둔은 좋은 친구들을 만났다. 한밤중, 친구들과 살을 빼기 위해 상하이교통대학까지 달리기를 하고 새벽에 각종 해산물을 사와 먹기도 했다. 함께 쇼핑을 하고, 가십도 나누며,

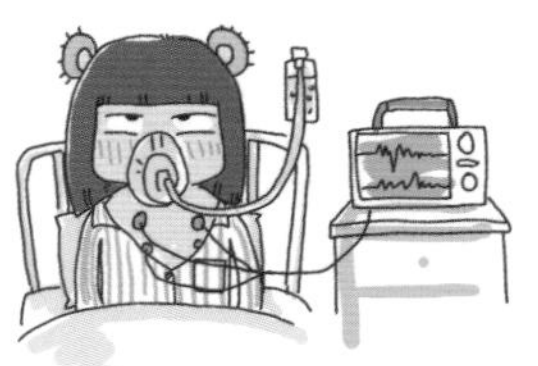

멋진 오빠들을 감상하며, 재밌는 사진도 찍었다. 이런 소소한 일상은 그녀의 작품 《숙녀독신일지》와 《숙녀방사심경》에서 독자들도 만나 볼 수 있다.

2010년 숭둔은 베이징으로 갔다. 마이클 잭슨의 팬 활동을 더욱 활발히 하고 또 자유로운 창작 시간을 갖기 위해서였다. 그녀는 베이징에서 광고 회사의 일러스트레이터로 일했는데, 일은 힘들었지만 항상 즐거워했다. 베이징에서 아이미, 정 선배, 비루이, 자스민을 비롯 많은 친구를 알게 되었다. 밝고 명랑한 성격을 가졌기에 어디를 가든 그녀의 주변에는 사람이 많았다.

2011년 8월 갑작스런 병으로 숭둔은 고된 항암 치료를 시작해야만 했다. 숭둔은 보통 사람은 상상조차 할 수 없는 고통에도 당당히 맞섰다. 가족과 친구들이 자신을 걱정하고 힘들어하는 걸 원치 않아 모든 괴로움과 고통을 묵묵히 홀로 받아들이고, 사람들에게는 미소와 즐거움만 주었다. 이때 그녀는 《스물아홉 나는, 유쾌하게 죽기로 했다》(원제: 꺼져줄래 종양군!)를 창작했다. 이 작품은 큰 반향을 일으키면서 긍정적 에너지의 아이콘이 되었다.

기적과 같은 일은, 의사들이 슝둔의 투병 의지에 놀란 것처럼 많은 독자들도 그녀의 작품을 보고 놀랐다는 것이다.

또한 슝둔이 맡았던 마이클 잭슨의 일대기를 담은 만화《포에버 랜드》에 관한 모든 수입은 유엔 어린이 재단의 마이클 잭슨 프로젝트에 기부했다. 그 후 고인의 유지를 따라 투병 기간에 받은 공익 기금의 일부는 도움이 필요한 수많은 사람들을 위해 사용하기로 했다.

발병했을 당시 슝둔이 불평불만에 가득 차 화만 내고 종양군을 불청객으로 여겼다면, 그녀는 다른 사람들에게 긍정적인 메시지를 전해줄 수 없었을 것이다. 슝둔의 낙관적인 성격은 많은 네티즌에게 영향을 주었다. 그로 인해 수많은 사람들이 그녀의 모습을 통해 한순간의 후회에서 벗어나 다시 한 번 삶을 포용하게 되었다. 이것이 바로 이 작품에 담긴 진정한 의미가 아닐까.

슝둔이 세상을 떠날 때《슝출몰(熊出沒, 곰이 나타났다)》이라는 애니메이션이 중국 전역을 강타했다. 어쩌면 이건 운명일지도 모르겠다. 곰이라고 불렸던 한 여성에게 세상이 같은 이름을 가진 애니메이션으로 그녀에게 경의를 표현한 게 아닐까. 슝둔은 영원히 우리 곁에 남아 있겠지만, 종양군은 이 세상에서 사라지기를 바란다.

추천의 글

암 환자를 주인공으로 한 〈아만자〉를 그릴 때, 정신과 의사 선생님께 '환자가 죽음을 받아들이는 과정'에 대한 문의를 한 적이 있었다. 그때 많이 알려져 있는 '죽음의 5단계'인 부인-분노-협상-우울-수용의 과정을 온전히 거쳐 죽음에 이르는 환자는 많지 않다는 것을 알게 되었다. 그 단계를 밟아가기는 하되, 환자 개개인에게 남아있는 시간이 부족해, 결국 상당수의 환자들은 죽음을 받아들이지 못한 채 분노하거나, 우울에 빠진 채 죽음을 맞는다고 했다. 이야기만 들어도 안타깝고 슬픈 상황이다.

그래서 나는 이 작품의 주인공이자 작가인 숑둔을 매우 용감한 사람이라고 생각한다. 어느 날 악성 림프종에 걸려 우울함과 슬픔에 빠져 남은 시간마저 헛되이 보낼 수 있던 그 상황에서, 망설임 없이 당장 눈앞에 놓인 시간과 사람, 그 속의 관계를 흠뻑 느끼기 위해 최선을 다했고, 자신의 죽음 역시 의연히 받아들였기 때문이다.

만화라는 것이 흔히 '시간이 남을 때'에 '휴식을 취하기 위해' 혹은 '즐거움을 얻기 위해' 읽는 것이 된 빡빡한 세상살이지만, 그래서 더더욱 '죽음'에 대한 이야기는 '보고 싶지 않은 불편한 것'으로 여겨지는 것이 현실이지만, 그렇기에 나에게 주어진 삶을 '어떻게 살아갈 것인가'에 대해 고민해 보는 시간이 더욱 중요하다고 생각한다.

모쪼록, 독자 여러분이 이 책을 통해 '어떻게 살아가고, 어떻게 죽음을 받아들일 것인가'에 대한 나름의 답을 찾으실 수 있길 바란다.

-**김보통**(만화가 겸 수필가)

추천의 글

저자의 불행으로 위로받으려는 나는
얼마나 초라한가.
하지만 아니, 그렇지 않다.
눈물나게 웃으며 컷을 따라가다 보면
희망을 목격하고 확인하는 나를 찾게 될 것이다.

-윤태호(만화가)

세상 그 누구도 갑자기 찾아온
심각한 질병에 놀라지 않을 사람은 없다.
하지만 무한 긍정 에너지를 가진
슝둔만은 놀라지 않았다.
그녀는 유머로 고통을 희석시켰고,
미소로 종양에 저항했으며,
기쁨으로 삶을 물들게 했다.

계속 힘을 내, 슝둔!
넌 할 수 있어!
넌 결코 평범한 사람이 아니니까!

-야오천(姚晨, 중국 유명 영화배우)

병마와의 싸움에서 승리하겠다는 마음가짐이
모든 괴로움을 떨치게 해줄 거예요.
힘내요, 행운을 빌어!

-천쿤(陳坤, 중국 영화배우 겸 가수)

종양보다 더 강한 건 그녀의 의지,
만화보다 더 감동적인 건 그녀의 마음.

-왕샤오산(王小山, 칼럼니스트)

슝둔의 만화는 태풍이 지난 뒤에도
자리를 지키는 꿋꿋한 잡초처럼
언제나 당신에게 강인한 에너지를 줄 것이다.

-무룽인다오(慕容引刀, 만화가)

힘내라 슝둔, 자신감을 가져.
넌 해낼 수 있어!
너의 꿈을 잃지 말고
사악한 종양군에게 굴복하면 안 돼!

-헤이베이(黑背, 만화가)

차례

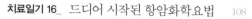

스물아홉 나는,
유쾌하게
죽기로 했다

치료 일기 01 쓰러지다

2011년 8월 21일 이른 아침.
침대에서 일어나 방문을 걸어 나가려는 순간
쿵하고 문가에 쓰러졌다.
입에는 거품을 물고 온몸에 경련을 일으키다가
결국 완전히 기절하고 말았다.

그것도 • • •

벌거벗은 채
말이다.

A. A. A. A

그렇다.
늘 건강할 것 같던 내가
병에 걸린 것이다.

그 뒤 약간 정신이 들어 눈을 떠보니
아이미가 울먹이며 나를 흔들어대고 있었다.
눈물, 콧물 모두 내 얼굴에 범벅을 해놓고 말이다….
그 순간에도 문득 더럽다는 생각을 했다.

웅~~
~~웅아~

정신 차려봐, 웅아!!!
장난치는 거지? 제발 눈 좀 떠봐!!
으윽… 나 왜 바닥에 누워 있는 거야?
뭔가 이상한 자세가 돼버림!
고만 흔들어 재껴라…

※슝둔은 중국어로 슝(곰) 둔(둔하다)의 뜻으로 주인공의 별명이 웅이다.

내가 왜 옷도 안 입고?! 너 나한테 무슨 짓 한 거냐…!
네가 벌거벗고 있었잖아!!! 너 쓰러진 거 보고 내가 얼마나 놀랐다구!! 빨리 침대에 누워 있어. 농담할 정신 있으면!

120 부를까!!
아니야. 120은 너무 느려. 차라리 정 선배를 부르는 게 낫겠다.
그래. 뜨거운 물! 뜨거운 물 마셔!! 일단 몸을 따뜻하게 해야겠다!

※중국에서 응급 신고는 120입니다.

아이미 혼자 애간장이 타서 똥 마려운 강아지마냥
뛰어다니고 있을 때 난 침대에 힘없이 누워서
머릿속으로 한 가지 일만 생각했다.

앞으로 다시는 벌거벗고 자면 안 되겠다…!!
콜록콜록!
으… 기침이…
심장이 아프다

정 선배는 아이미의 전화를 받자마자
부리나케 달려왔다.
동성구에서 조양구까지 차가 꽉 막혔음에도 불구하고
빛의 속도로 30분 만에 도착했다. 완전 대박!

다 비켜!!
안 비키면
박아버린다-!!

…하지만 벌금 통지서 두 장과 사이좋게 도착한 게 함정…

※ 차 막힐 경우 1시간 30분 정도 걸리는 거리입니다.

너 이 계집애 낫기만 해봐!
널 병원에 데려가려고 똥 싸는 중간에
끊고 달려왔단 말이야!!
나한테
똥빚 단단히
진 줄 알아라!!
웅이 어떡해~
으히흑

그러고선 바로 군대 병원을 찾아갔다.
8, 9년 전에 와보고 한 번도 온 적 없던 병원에 오니
그제야 좀 실감이 났다.

이게 바로
그 군대 병원이구나!!
오 저기 군대차 세워져
있는 거 봐!

일단 먼저 예약하고 접수증을 받는 등
복잡한 절차는 아이미와 정 선배 몫이었다.
나는 응급실에 앉아 기다리기로 했다.
소독약 냄새가 가슴을 두근거리게 했다.

먼저 피부터
뽑읍시다

·
·
·

내가 주사 맞는 거
지켜봐줘어!
난 무서워
못 보겠어!
나가서 기다릴래!!
겁쟁이!!
난
피가 제일
무서워!!

헉~ 야! 저기 저 남자 말야.
몸에 소변줄을 넣고 있는
중인가봐.
뭐?

쭝긋
쭝긋
그럼 난
잠시……
……
나도
보고 싶다…

……
오오오오~~~

히이이익~!

피 뽑기, 심전도 검사, 엑스레이 찍기 등의 절차가 다 끝나자
응급실 의사 선생님께서는 흉부외과 의사 선생님을 모셔왔다.

모두 양 선생님이라고 부르는 걸 보니
그의 성은 양씨인 듯했다.

하아, 너무 눈부셨다!

엑스레이

오!
잘생겼다

어디 보자!!

마스크 썼지만 역시
잘생긴 티가 나네…
후훗~
마스크 벗으면
뻐드렁니를 드러낼지
누가 알아!!

선생님은 엑스레이를 한참 보더니
일단 입원을 해야 할 것 같다고 했다.

이 말에 우리 세 사람은 각자의 성격에 맞는
리액션을 보였으니…

아직 확정 지을 수 없으니
먼저 입원한 후
관찰하도록 합시다.

얼마나 입원해 있어야
어떤 병인지 알 수
있는 거죠?
침착형

입원할 정도로 심각해요?
설마 무슨 큰 병에
걸린 건… 안 돼!!
연약형

내가 입원하면
의사 선생님이 밤새 간호하겠지?
그전에 먼저 마스크 벗고
얼굴 한번 보여줬으면~♡
의사한테 반함

입원서류 작성

음… 음….
글씨 또박또박!
웅이 진짜루 입원하는 거야? 어떡해~~~

입원보증금 납부

현금 말고 카드도 되는 거야?
나… 난 무슨 일이 있어도 난 절대 널 포기하지 않아!!!

병실 입원

침대가 너무 딱딱해-!
저녁에 우리 집 가서 잘래?
우아아앙~ 병원 밥이 입맛에 맞지 않을 텐데!

… …

적당히 해라, 쫌!!
정신 사나워, 죽겠네!
꺄악

가자,
가서 밥 먹자!
너무해…

이렇게 난 병원에 입원했다.
그때까지만 해도 용기가 넘쳐흘러
내가 무슨 병인지 크게 신경 쓰지 않았다.
앞으로 얼마나 많은 고통을 겪어야 하는지
상상도 못하고 말이다….

입원하자마자 아침 일찍부터
비비와 자스민이 병문안을 왔다.

너… 너희
어떻게 알고
온 거야?!

헉! 난
놀러온 게
아니라고!
색연필도
가져왔어.
심심하면 너
좋아하는 그림
그리라고~!
하지만 탐난다…

한편, 한쪽에서는…

속닥속닥
?
의사 선생님,
있잖아요…

뭐야 뭐!
내 칭찬하는 거
아니면 얘기
하지 마!
버럭!!

비록 얘가 지금은
이렇게 폐인이지만~
?
??
야
야
!!

아파서
얼굴이 부어보여
그런 거구요…
???

그래! 그러취
이 몸은 원래
얼굴이 조막만
하다구!
흥흥흥~
오흥~

의사 선생님께서
자알~ 치료해
주셔서
다 나으면…
?????

맞네 맞네!!!
탕웨이!!
탕웨이의 모습을
보게 되실 거예요!
움후하하하!!

역시, 눈치 빠른 내 친구들이었다.

내 전동칫솔
좀 갖다줘~
그래.
내일 필요한 것
챙겨다줄 테니
오늘은 일단
대충 있는 걸로…
…그리고
제일 중요한 걸
잊지 마!
제일
중요한 거?
팬티? 타월?
베개?

화장품!!!
당연히
화장품이지!!!
비비랑 립글로스랑
마스카라도 잊지 마라!

오싹
선생님께
쌩얼을 보여
드리는 건
실례잖니…?
ㅎㅎ
아파서 입원한 주제에
화장할 생각이 나는 게
대단하다 진짜…
화르륵

내 옆에 있던 아줌마는 가슴에 작은 구멍을 뚫어
큰 병과 연결시켜 거기로 심낭삼출액인가 하는 물질을
뽑아내고 있었다.

으으으으…
삼출액

너무 고통스러우신지 신음 소리가 끊이지 않았는데
보는 내가 다 오싹했다…

저녁이 되자 병실 복도에는 온통
링거주사를 꽂은 환자들뿐이었다.
모두 오랜 병원 생활에 지쳐보였다.

......
콜록
콜록

무한 긍정인 나도 살짝 걱정이 되기
시작했다.

두근
두근
그거 되게 아파 보이던데
나도 하는 거 아니겠지?

만약 가슴에 정말로 큰 흉터라도 생기면
미래의 서방님에게 어떻게 설명할지
급 진지하게 생각해보기 시작했다…

머릿속의
상상도

후후후
자기 찌찌
짱 크다~!

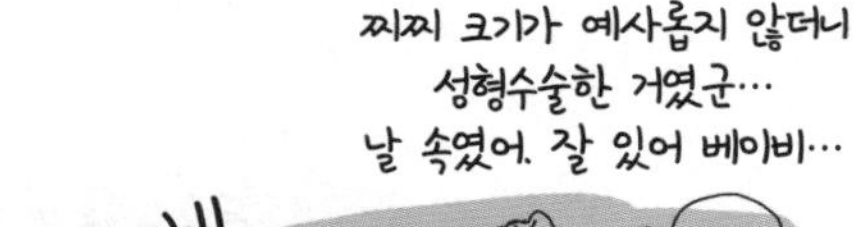
에엥? 이게
웬 흉터야?!

찌찌 크기가 예사롭지 않더니
성형수술한 거였군…
날 속였어. 잘 있어 베이비…

가지 마아!!

으아아악!
안 돼…
여자한테
흉터는
치명타야…!
저얼대 싫어!!
수술 안 할래!! 다시
가슴 파인 옷도
못 입게 되는
거잖아…

그리고 다음 날, 이모가 찾아오셨다.

웅아아아!!
이모 왔어!!
커억!
문에 들어서서부터 줄곧 핸드폰으로
게임만 하는 내 사촌동생

마음 굳게
먹어, 알았니?
이모, 전
원래 강인
하다구요!
삐융 삐융

심적인 부담
갖지 말구, 응?
전 아무 부담
없는데요…?
삐리리~

어떤 일이
닥쳐도 무서워
하지 말… 흑흑!
이모가
그렇게 말하니
무섭잖아요!!
뿅뿅!

내일 또 올게!
잘 있어야 해…?
돌아서서 훌쩍…
그렇게
다시는 못 볼 것처럼
여운 남기지
말아요!
찝찝하게
스리…

하아. 뭔가 기가 다 빨린 기분

그러고는 옆 침대 보호자 아저씨의 발 냄새 속에서
병원에서의 험난한 첫 하루를 보냈다.

내 병에 대해 별걱정은 안 했지만
뭔가 이유 모를 불안한 느낌이 스멀스멀 올라왔다.

그래서 난 병원에서 정 선배 집으로 도망쳤다.
정 선배의 어린 조카 유유가 나를 발견하고
팔을 벌리며 달려왔다.

이모오!!

방어태세
아둥
바둥
안 돼!!
이모 지금
아야 해!

네에?!
아야 해?

휙-

내가 아프다는 소리에
바로 돌아서다니, 쫌 섭섭하네.

중얼중얼
궁시렁

이모, 내가 약 발라줄게.
이거 바르면 하나도
안 아프다아~?
!!
스윽

울컥!
내가 아프고 기침할
때마다 이거 발라떠!!
유유가 이거 발라주고
호오 해줄게!

고마워, 유유 덕분에
이모 이젠 하나도 안 아퍼!!
와락

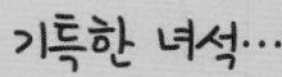
기특한 녀석…

기침완화크림

아주 예전에 친구들이랑 불치병에 대해
이야기 한 적이 있었다.
그땐 내 생각에 확신을 갖고 있었는데…

죽지마
사랑해!

얼씨구~
또 불치병이야~?
한국 드라마 여주인공은
왜 이렇게 연약하냐.
흑…
흑…
나쁜 계집애!!
얼마나 감동적인데!
그걸 왜 비웃어!
엉엉~

만약에
내가 암에 걸리면
난 절대 치료 안 해.
그냥 자살할 거야!
??

치료하는데
엄청난 돈이 들잖아.
주변에 피해 끼치면서
치료해 나으면 뭘해?
사람이 그만한 값어치를
하는 것도 아닌데.
차라리
그 돈을 아껴서
아빠 엄마가 늙었을 때
생활비에 보태 쓰게
하는 게 훨씬 낫지!
에휴~

퉤퉤퉤!!!
그런 못된 생각하는 거
아냐!!!
으으윽~

나처럼 오랫동안 외지에서 생활하는 애들은 항상
부모님께 좋은 소식만 알리는 버릇이 있었다.

이 이야기는
내가 얼마나 효녀인지
설명해주지. 후후후…

멍청한 녀석,
네가 건강한 게
제일 큰 효도야!!
나이가 몇인데
할 소리 못 할
소리 다 해대고!

예를 들면, 이런 식이다.

아빠!!
이번 달 급여가
올랐어요!!

HAPPY
!!!

아빠!!
제가 책을
냈어요!!!

GREAT!!

그러나 현실은……

제길, 벌써
월세 내야 될 때잖아?

돈에 쪼들리며

책 한 권 내도
번 돈은 요거밖에
안 되네… 크흑

팍팍한 삶에…

나쁜 자식!
문자로 이별 통보하는 게
어딨어…

늘 행복하기만 한 건 아니었다.

그래서 이번에 내가 입원한 사실도
부모님께는 비밀에 부치기로 했다.

내가
병에 걸린 건 절대
울 아빠, 엄마한테
비밀이다!!
명심해!!
알았지!!

세뇌교육시키기

하지만 어디에도 배신자는 있는 법.
자스민 녀석이 몰래 울 아빠한테 전화를 걸었다.

소곤
소곤…

아버님, 안녕하세요.
저는 웅이 친구인데요.
지금 웅이가 몸이 안 좋아
병원에 입원했어요…

뭐?!

그렇다니까요.
웅이는 지금
병원에 있어요!
근데 걔 핸드폰
배터리가 다 나가서
저더러 아버님께
전화드리라
부탁한 거예요.

속닥속닥

뚝!
......?
여보세요?
응?!

보이스피싱이구만!
어디서 감히
날 속이려구!!

???
...뭐지?
이 반응은?

결국 자스민은 울 엄마한테 전화해
상황을 설명하기 시작했고
엄마는 아빠에게 전화해 사실을 알렸다.
그리고 내 핸드폰도 충전이 끝나 통화할 수 있게 되었다…

아프면 아프다고 말했어야지!
얼마나 걱정했다구!
우리 내일 비행기로 너한테
가기로 했다.
대체 누가
일러바친 거야!!

그 과정이 얼마나 험난했는지
책을 써서 내도 될 정도다!

지금은 교통이 참 편리하다.
이튿날 아빠와 엄마는 바로 베이징으로 날아왔다.

저장
베이징

그리고 전화로
출발했다고 알려주셨다.

이렇게 빨리?

철이 없던 나는 두 분이 오시기 전에
놀고 싶은 맘에 병원을 나와…

병원
야~
뛰지 마~

방을 예약하고

여
관
큰 방 하나요!
네!

시원하게 에어컨을 틀고
TV를 감상했다. 꿀맛!

어~ 이곳이
극락이구나!

동시에 병원에서는…
3호 침대 환자는?
텅~
어디로 도망쳤는지 모르겠어요…

우여곡절 끝에 나는 또 여관에서
두 번째 위문팀을 맞이했다.

네가 없어서 못 먹는 용과!
예~!!
짜잔~
CC와 풍성네 부부

껍질 좀 벗겨줘!! 난 환자잖아!!
센스 있게~
너 이 계집애!

모두들 배불리 먹은 후
다같이 룰루랄라 병원에 돌아왔는데
양 선생님은 멘붕 직전이셨다…

대체 어디 갔던 거예요? 전화는 왜 안 받고? 이러는 거 얼마나 위험한 짓인지 알아요! 이러다 또 쓰러지면 어떡할 겁니까?

다다다다다다다

다들 돌아가요. 여긴 병원입니다. 모임 장소가 아니라구요!

쫑알 쫑알 쫑알…

그러나 조금 뒤…

웅아! 우리
베이징에 도착했다.
방금 택시 잡았어!
알았어요!

부모님이 도착하셨다는 연락을 받고
흥분한 나는 또 한 번 탈출을 강행하고 말았다.

엄마~
아빠~
정류장
또 도망쳤음.

엄마, 아빠는 병원에 도착하자마자 먼저
의사 선생님께 내 상태를 물어보셨다.
하지만 아직 이렇다 할 결론이 나지 않은 상태였다.

의사 선생님,
지금 제 딸 상태가
대체 어떤 건가요?

아직은
확답을 드릴 수 없습니다.
내일 흉강에 *천자를 한 뒤
다시 얘기 해봅시다.

***경피적 흡인생검술**
몸 안쪽에 발견된 종괴를 천자침으로 찔러
조직의 일부를 소량 채취하는 시술.
채취된 검체를 정밀 분석하여 종괴의 정체에 대한
정보를 얻을 수 있다.

천자!!
가슴에 대고
구멍 뽕뽕 뚫는 거…?
싫어어어!!

오늘은 먼저 링거주사
하나 맞아요.
......

......주사를 발에다 놓게.
!!
네!!!

......

후훗. 이젠 도저히
돌아다닐 수 없을 것이다…!
만족

선생님!
소변 마려운데
어떡해요?!

침대에서
해결해요!

요강
스윽…

!!!

내가 요강을?
안 돼…
…
이건 최후의
보루야…

그러나 인내심은 곧 바닥을 쳐버리고…

윽!
소변 얘기하니까
더 마려워졌어!
미쳐버리겠네…

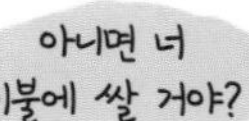
아니면 너
이불에 쌀 거야?

1분

으… 음…

2분

3분

도… 도저히 못 싸겠어.

이렇게 누워서 쉬하는 게
습관되면 나중에 그냥 침대에다
싸버리는 거 아냐?!
파이팅!
할 수 있어!
너와의 싸움을
극복하고 싸!!
그게 이기는 길이다!
어서 싸!
싸라 싸!

아아… 병원 생활은 참 험난하다.

요강을 쓰는 건 일도 아니었다.
진짜 무서운 건 따로 있었으니 이름하야…

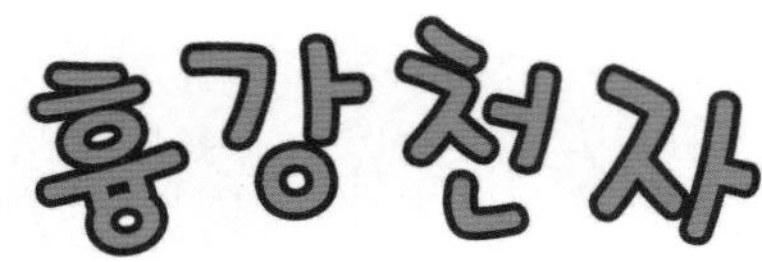
흉강천자

꺄오오옷

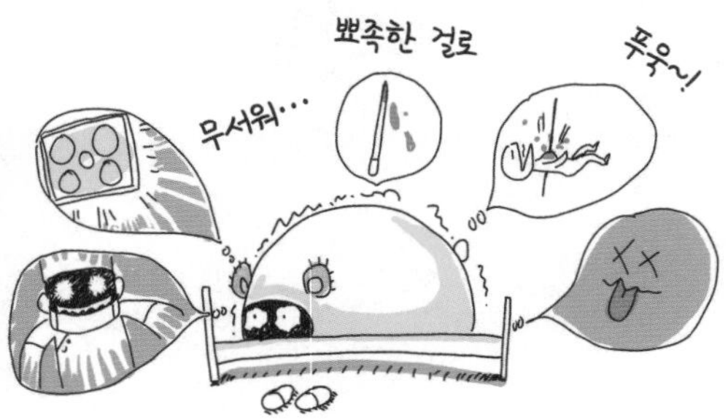
무서워…
뾰족한 걸로
푸욱~!

쌤… 천자는 부분마취예요, 아님 전신마취 예요오?
부분 마취!

으아악 선생님! 전신마취하면 안 돼요? 차라리 절 기절시켜 주세요!!
무서워할 거 하나도 없어요. 수술실에 들어갈 필요조차 없으니까!
오 마이 갓!!

결국 검사하는 날이 다가왔고…

CT
이쪽으로 누우세요.
위잉…
……

윗옷을 모두 벗어야 해요!
네에?

…뭘 생각하는 거냐…

어머 난 몰랑
엉큼해~♡

그래도 좀
창피하네.
이제 서로를 안 지
사흘밖에
안 됐는데!

헤헤헤
좀 춥네~

이렇게 적나라한
모습을 보이다니!
모니터로 날
지켜보고 있겠지?
꺅~
검사에만 집중해줘요!
안 그럼 내가 너무
부.끄.러.우.니.

자,
시작합니다.
몸에 긴장 푸시고
힘 빼시구요~
번쩍
앗!!
시작하나요…
알겠습니다!
(후후후)

자아,
주임 선생님, 시작하세요.
자. 그럼 시작해볼까 끌끌…

벌떡
왜 할아범으로 바뀐 거야?!
움직이지 말라니까요!

시간은 오래 걸리지 않았지만
천자를 하는 과정은 너무 아팠다.
가슴 부근에서 두 가닥의 살점을 뽑아낸 후
배양실로 가져가 병리분석을 했다.

안녕?

ㅋㅋㅋ 지렁이
두 마리 잡아놓은 것 같다.
외계인 살점
같기도 하고…

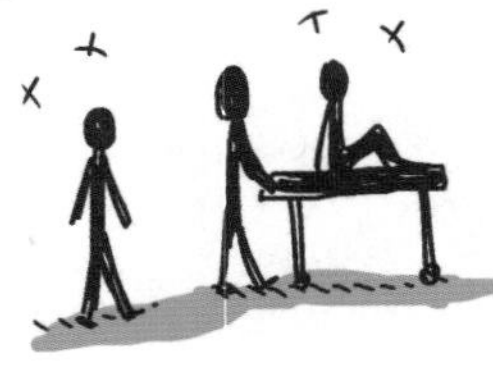
이걸 배양하면 리틀 웅이가
여러 명 탄생하는 것 아니야?
완전 재밌겠다 푸하하~~!!

그건 하늘이
무너져도 안 돼!!

천자란 가슴에 긴 침을 찔러 넣어
체액을 뽑아내는 것인데
구멍 크기가 여드름과 비슷해
생각보다 무섭진 않았다.

안 아프다!!

나 귤 통조림
먹을래~!!
캬캬캬캬캬
나는
왕이다!

미드 틀어줘!
아니다 그냥
음악 들을래~
어머, 갑자기
녹차맛 초콜릿이
먹고 싶네에~?

아이패드
줘…
퍽

나는 병을 핑계로 마치 왕이 된 것처럼
모든 것을 누리기 시작했다. 쿡쿡쿡.

치료일기 05
내가 몰랐던 위기

환자는
기력을 많이
보충해야 해!
냠냠냠

두 번만 보충했다간
니 무게 때문에
침대가 무너지겠다….

하지만 내 즐거운 기분과 반대로
의사 선생님은 표정이 좋지 않으셨다.

상태가 별로
좋지 않습니다….

…!
!!

내 CT 사진에는 커다란 '종양'이 나타났다.
사이즈는 대략 12×10×7. 심장보다도 훨씬 더 컸다…!

상상도
종양씨
심장

종양이라니…
생각해보니 처음 내 몸에 나타난 증상은
기침이었다.

콜록콜록
감기 걸렸어?
아니면 기관지염인가?

어깨가 아프고

에고고…
어깨가 너무 아파! 혹시 오십견이 벌써 온 건가?

내가 주물러 줄게

등이 팍팍 쑤셨으며

으… 뜸을 뜨면 좀 나아지려나…

거북이 등 같다! 풋!

가슴이 답답했다.

너무
갑갑해에에
에에에
에에!!
야 여기
밖이야!

…그리고 아침에 일어나면
언제나 얼굴이 땡땡 부어 있었다.

흠… 얼굴이
안 보여.

아직은 종양이
어느 부위에 있는지
확신할 순 없어요.
폐에 있을 가능성도
있는데 그렇다면
너무 위험합니다.
*종격에 자랐다면
그나마 괜찮은데…
지금은 결과가
나올 때까지
기다려야 해요…

***종격:** 폐 좌우의 사이 부분

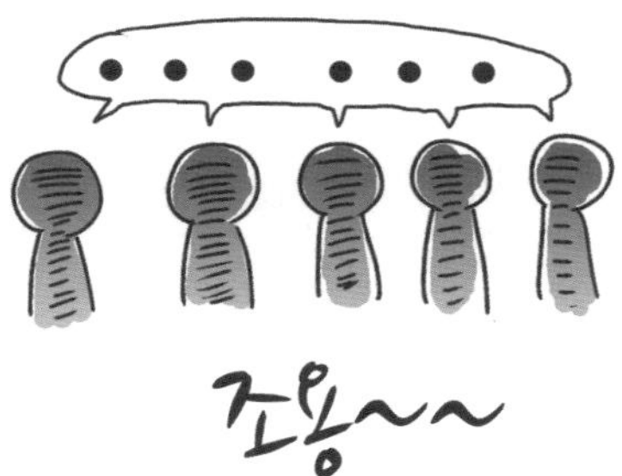
조용~~

친구들과 부모님은 그 말에 놀라
아무 말도 하지 못했다.
하지만 정작 무대포인 나는
아직도 낙관적이기만 했으니…

사사사삭
사사사사삭!
예!
히!

게임하는 중

난 내가 걸린 병에 대해
별로 신경 쓰지 않았다.
그건 내 멘탈이 유난히 튼튼해서가 아니었다.

병실 생활이 오히려 좋은데? 친구들도 맨날 보구…
꼭 휴가를 받은 기분이랄까~

그때까지 내가 걸린 병이 얼마나
무서운 건지 체감하지 못했기 때문이다.

증세가 점점 뚜렷해지고 있었지만,
드라마에서 본 것처럼 그렇게 고통스럽진
않았기 때문이기도 했다.

오늘만 벌써 옷을 세 벌이나 갈아입었네. 무슨 땀을 이렇게 많이 흘려…?
축
축
식은땀이 많이 날 거예요.

제일 힘든 건 기침이었다.
온몸을 움직여 기침을 하고 나면 힘이 쭉 빠져나갔다.
하지만 기침도 오래하다 보니 습관이 되어 견딜 만했다.

콜록콜록콜록!!!
안절부절

어휴~
눕기만 하면
기침이 더
심해지니
큰일이네!

그렇게 나름 평화로운(?) 날을 보내던 어느 날 밤.
엄마는 내 옆에서 나를 간호해 주셨는데

어깨 뒤쪽이랑 등이
너무 쑤셔 죽겠어….

여기~?
이쪽이 쑤셔?

우욱…

난 드디어 종양군이 얼마나 대단한 놈인지
완전히 깨닫게 되고 말았다.

으아아악!
갑자기 왜 이러지?
으윽!

처음에는 그냥 어깨와 등이 좀 쑤신 정도였었다.
그런데 갑자기 형용할 수 없는 극통이 찾아왔다.

마치 누군가 내 가슴 속에 손을 집어넣고 마구 휘저으며
심장을 힘껏 쥐어짜는 느낌이었다.

꽉!
꽉!
꽈악!

선생님, 빨리
우리 애 좀…
으아아악~!!

빨리 응급조치 취하고
진통제 투입해!!
네!
네!

모두들 정신없이 뛰어다녔지만
나는 점점 의식이 흐려져갔다.

웅이야

웅이야~!

으흑흑…

그리고 엄마가 울먹이는 목소리로
내 이름을 부르는 소리만 어렴풋이 들려왔다….

쭈욱~

허억...
허억...

마치 수억 년의 시간이 흐른 듯했다.
밤이 깊어서야 비로소 고통은 잦아들었다.
정말 내가 지금까지 살아오면서
처음으로 겪은 아픔이었다.

허억...

그렇게 잠시나마 조상님을 뵙고 온 후,
나는 겁이 나 침대에서 내려올 엄두도 내지 못했다.

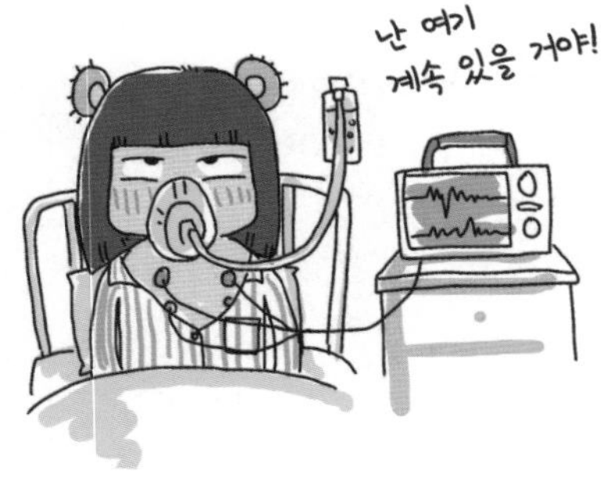
난 여기
계속 있을 거야!

엄마는 비명을 지르던 내 모습을 보고
충격을 받아 밤새 주무시지도 못했다.
그래서 이튿날은 아이미가 대신 남아서 날 지켰다.

…오늘 저녁엔
발작하면 안 돼.
알았지?

무섭단 말야…

야, 그게
내 맘대로 되면
진작 퇴원했지~

…아이미의 소원대로
그날 저녁은 아무 일도 없었다.

무서워서
못 자겠다

그러나 사흘째 되던 날
또 발작을 일으키고 말았다.
왜 엄마가 계실 때만 그러는지
내 몸이 정말 원망스러웠다.

웅아~!!
으아악~!!

여러분은 어린 시절 엄마와 함께 잘 때
어떤 특별한 습관이 있었나요?

쿠울~

예를 들면
어떤 아이는 엄마 얼굴을
만져야 잠이 들고

엄마
찌찌~

어떤 아이는
엄마 젖을 만지면서
잠이 들며

만지작

으흐음…

또 어떤 아이는
엄마 귀를 만져야
잠이 든다던데…

난 어렸을 때

??

반드시
엄마 입술을 만져야
잠이 들곤 했다.

하지만 내가 점점 커 가며
엄마와 같이 자는 일은 거의 없었다.
어쩌다 가끔 같이 잔다 해도
서로 멀찌감치 떨어져 각자 자는 것이 고작이었다.

엄마는 내가 어른이 된 뒤로 아빠, 엄마를
가까이하지 않는 것 같다고 말씀하셨다.

엄마는 노크하는 것도 몰라? 나 지금 샤워하던 중이잖아!!
뭐야 진짜!!
BATHROOM
야, 넌 혼자 태어난 줄 아니? 이젠 컸다고 낯가리긴~

나도 내가 어른이 됐으니까
다시는 엄마한테 의지할 일은 없을 줄 알았다.
하지만…

엄마아
나 너무
아파아…
우리 애기,
차라리 엄마가
대신 아팠으면
좋겠네…
흑…

병이 발작하기 시작한 뒤로
아주 견디기 힘들었던 그 며칠간은 엄마 손을
잡아야만 잠에 들 수 있었다.

엄마아
손…
손?

쿠우울…
……
꼬옥

엄마 손은 거칠었지만 참 따뜻했다.
그 손을 잡고 있으면 이상하게도 안심하고 잠들 수 있었다.

언제까지
만질 거니~
엄마 자야 돼~

마치 어린 시절
엄마 입술을 만지며 잠들 때처럼
마음이 편안해졌다….

낮에 발작하지 않을 땐 그나마 괜찮았다.
그럴 때면 신이 나서 간호사 언니와 수다를 떨었다.

헤헤헤~
언니 눈 진짜 예쁜 것 같아. 마스크 좀 벗어보면 안 돼~?

……너 양 선생님 소식 알고 싶어서 그런 거지?

어머?
무슨 말 하는지 당췌 모르겠네?

아니면 됐고~
넵! 저 양 쌤 소식 무지~하게 알고 싶습니닷-!!

나 예쁘게 그림 한 장 그려주면 알려주지.
후후후…

손에 주사 꽂고 어떻게 그려! ㅋㅋ
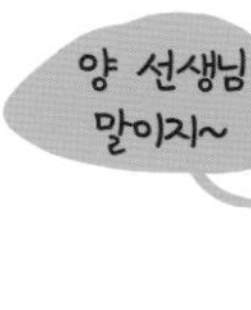

양 선생님 말이지~
이미 결혼했어! 예쁜 딸까지 있는걸!
딸바보라구~

에에에에에엥!???
말도 안 돼~!!

하아…

괜찮은 남자다 싶으면
왜 다 임자가 있는 것일까…?
(괜찮으니까 그렇지!)

이틀 뒤에 내 진단서가 나온다고 한다.
양 선생님은 나를 혈액과의 곽 선생님에게 넘겨버렸다…
크흑…

이분은 곽 선생님. 이제부터 네 담당 의사셔.
안녕!

오홍~? 키가 아담한 훈남이네~ 너무 귀엽게 생겼당!
연하남 스타일?

역시 양 선생님은 좋은 분이셔.

나 진짜 운 좋은 거 같지 않냐? 내 담당 선생님은 다 미남 아니냐~

완전 내가 좋아하는 스탈이야~!!

에휴 그래.
곽 선생님은
너 준다~

곽 선생님이
네 거냐?
되게 선심 쓰는
척하네~!

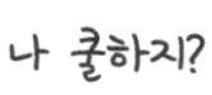
나 쿨하지?

바이바이~ 마스크 벗어도
짱 잘생긴 양 선생님!
(누가 댁더러 결혼하래!)

바이바이~
매일 줄지어 병실을
순찰하던 간호사 언니들!
(매일 수다 떨던 거 재밌었는데)

바이바이 올시다.
꼭 바다 용왕처럼 생긴
주임 선생님!
(사진으로만 봤음)

입원 안내문

의사는
환자의 침대 위
활동을 도와줄
의무가 있다.
이런 것도 있었어~?
음흡~

바이바이다~
사랑이 넘치는 수줍은
입원 안내문이여~
(모두 해보지는 못 했지만)

보다시피 내 팔이나 다리가
가늘게 그려졌지만
실제로 나는 덩치가 꼭 곰처럼 크다.

야, 다들 내가
완전 겁쟁이인줄
알잖아!
씩
나는 남자인지
여자인지도 모르게
그려놨네~!!
씩

후훗~
내 만화 안에선
내가 신이니라!
게다가 지는 엄청
날씬하게 그렸잖아!
양심에 찔리지도
않냐–
각성하라!

다이어트를 위해
나도 정말 안 해본 게 없었다.

헤엑
헤엑

단식에 운동까지
할 수 있는 건 다 해봤다.

못된
놈…
쥬르륵
와… 어떻게
이런 맛이?

입원한 뒤엔 앉아서 모든 일을 해결해
마치 꿀꿀이가 된 기분이었다.

아~
손 닦자~!
손끝 하나 안 움직임
해물탕
끓여왔어!
초콜릿도
사왔다!!

게다가 종양 때문에 몸이 부으면서 얼굴과 목을
분간하기 어려울 정도로 변해버렸다.

어어어얼굴, 목
얼른 거울 치워버려!

혈액과로 옮긴 후
체중을 체크해 오라고 해서
몸무게를 재다가 하마터면
뒤로 넘어갈 뻔하기도 했다.

띠요옹!!
이…
이것은…

충격과 공포…

호이짜
호이짜

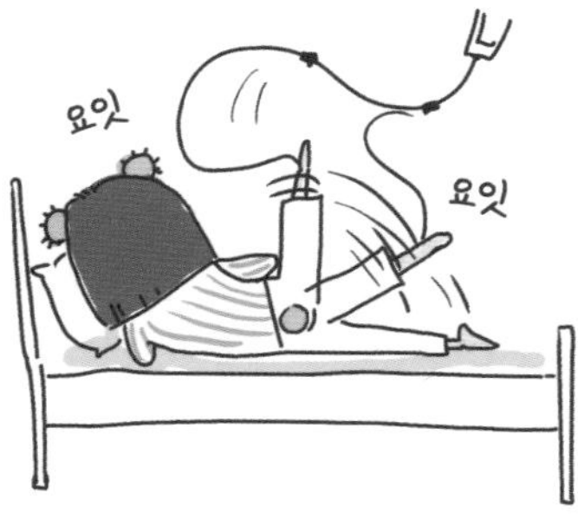
요잇
요잇

야야, 링거 줄
날아다니잖아!

그래. 아픈 동안에
한 2~3킬로 정도 찌는 건
그렇다 치고~

ㄷㄷ
노우!
근데 이렇게
얼굴이 부어서 남자를
어떻게 만나냐고!

넌 원래
못 만났잖아?

그러던 어느 날
남자 사람 친구가 병문안을 왔다.

웅아, 혹시
하고 싶은 것 있어?
내가 해줄 수 있는 일이면
뭐든 해줄게…

그럼
"웅아 너 진짜 예쁘다"
라고 해줄래?

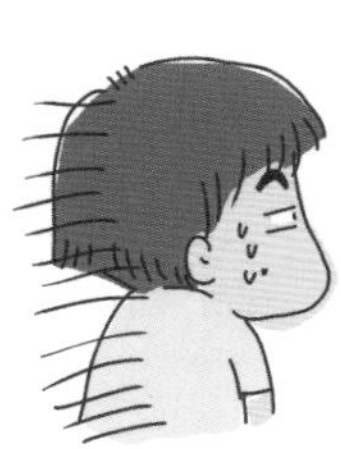

내 모습이 못생김의 끝을
하루하루 갱신하고 있었을 때였다.

…다른 걸로
바꾸면
안 될까?

빈말이라도
안 되는 거냐.

흉부외과 입원실에 비해
*혈액과 입원실은 빈 침대가 많이 부족했다.

***혈액과** : 한국은 '혈액종양내과'라고 표기.

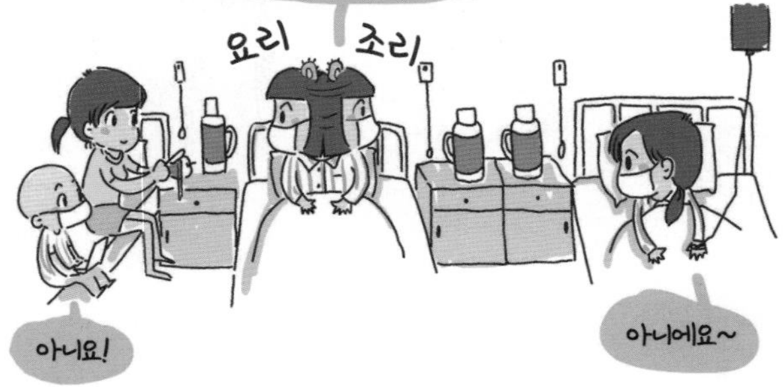
어? 혹시 모두
군인 가족들이신가요?
요리
조리
아니요!
아니에요~

병원에 환자가 하도 많아서
군인 가족이 아니더라도 입원할 수 있었다.

난 은방이야~

TAXI
=3

은방 언니는
쑤저우 사람인데
원래 직업이
택시 기사라고 한다.
멋있다~!

-?

고지지는 혈액과에서
제일 예쁘게 생긴 아이인데
참 순수했다.

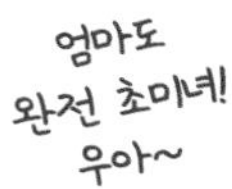
엄마도
완전 초미녀!
우아~

다들 무슨 병에
걸렸어요?
백혈병…
백혈병이요!

배… 백혈병
이라구요?!
오잉…?
훌렁~

그럼 나도 사실 백혈병에 걸린 거 아냐?

그…… 그럴 리가~!!

환자가 충격을 받을 수 있으니 마음의 준비가 됐을 때 알리는 것이…

으헝헝~

안 돼! 웅이야~

꾀꼬닥
은희야~~!!
백혈병은 한국 드라마 여주인공만 걸리는 게 아니었구나-!
그리고 난 아직 슬퍼해줄 남자도 없다고-! 으아 어떡하지??

하지만 그렇다고 부모님께
여쭤볼 수도 없는 노릇이었다.

둘 다 나한테
숨기려고 엄청나게
노력하셨을 텐데…
그만 울어.
웅이가 알면
어떡해?
으흑흑~
우리 아가
먹고 싶은 것 없어?
엄마가 다
사줄게~

그래서 부모님이 잠시 자리를 비운 틈에
몰래 곽 선생님을 붙잡았다.

선생님, 저한테 솔직히
얘기해주세요! 저… 혹시
백혈병인가요?

무슨 소리예요?
환자분 병명은
'림프종'이라는 건데
치료하기 쉬운 거예요!
믿지 못 하시겠으면
차트를 보여드릴게요.
근데 저분들은
모두 백혈병이잖아요.
그래서 전…
울먹 울먹

그건 혈액과의 병실이
하도 부족해서 자리가 나는 대로
입실한 겁니다.
어떻게 꼭 병에 따라
병실을 나누겠어요?

하아. 십 년 감수했네….

비록
림프종이 뭔지는 모르겠지만

백혈병보다야 낫겠다고
생각해 기분 좋아짐!

항암화학요법…?

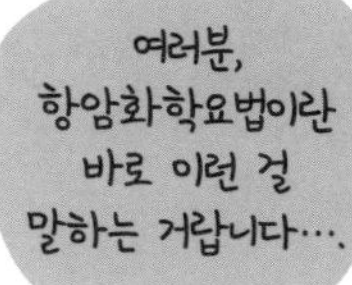
여러분,
항암화학요법이란
바로 이런 걸
말하는 거랍니다….

기계에서 빛을 쏘이다

그건
방사선치료고!!!

항암화학요법이란 화학약물을 정맥을 통해
체내에 주입시키는 것을 가리킨다.

치료에 사용되는
약물이 빛의 영향을
받지 않도록 하기 위해
빛 차단용 봉지를 사용

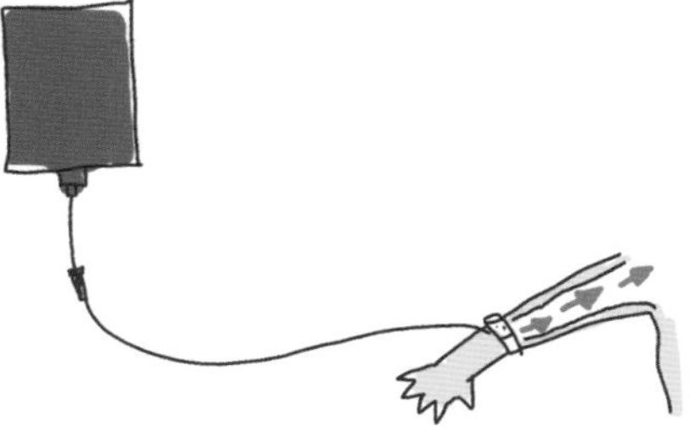

전군,
전진하라~
와아아아~

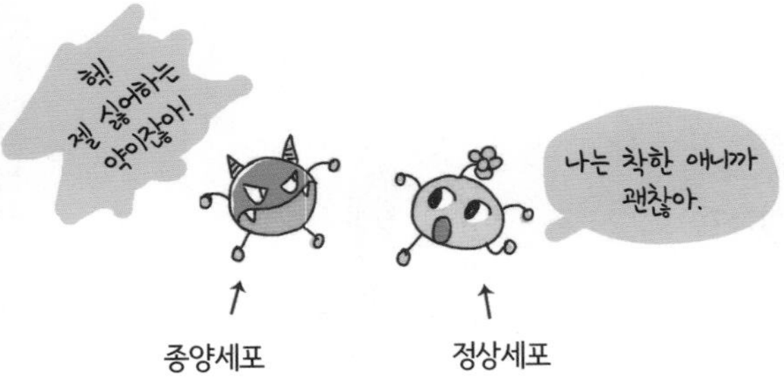

헉!
젤 싫어하는
약이잖아!

나는 착한 애니까
괜찮아.

종양세포

정상세포

크아악
난 끝났군!

젠장, 난
정상세포인데 왜 나까지
죽이는 거야~~!

Dead

Dead

둘 다 죽임

그래서 항암화학요법은
병을 치료하는 동시에 몸도 크게 상하게 한다.

그럼 저 머리카락이 막
숭풍숭풍 빠지는 것 아닌가요?
난 머릿발이 없음 안 되는데…

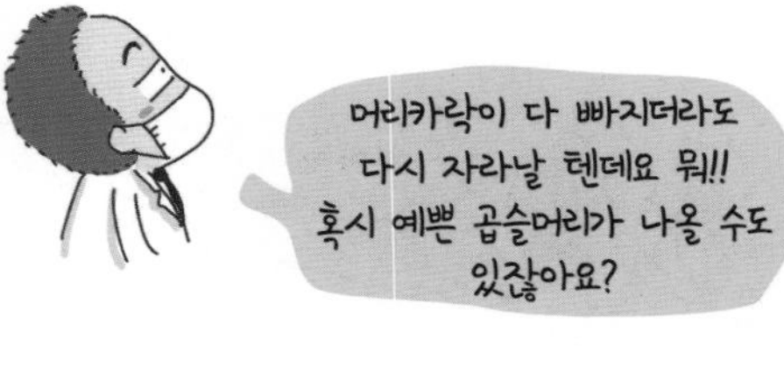

머리카락이 다 빠지더라도
다시 자라날 텐데요 뭐!!
혹시 예쁜 곱슬머리가 나올 수도
있잖아요?

여배우 셜리 템플처럼요?
귀엽겠다···♡

네에···?

***셜리 템플 :** 할리우드가 낳은 가장 유명하고 재능 있는 아역 스타.
영화 <곱슬머리 아가씨>에도 출연했었다.

그… 그럼 할게요.

이런 힘든 시간을 잘 이겨내면
반드시 좋은 일이 생길 거예요!

……

네가 지금 치료를
선택할 수 있는
처지니?

……

항암화학요법은 받기 전에
거쳐야 하는 과정이 있다.
예를 들면 피 검사라든가, 골수 검사 등등.
쉽지만은 않은 일들이다.

피 검사

네?
흠칫

색깔이 참
빠알간 게
맛나게 보이네요!

헤헤…

너
뱀파이어 나오는
미드 좀 그만 봐라.
저 언니
아직도 널 이상하게
보고 있어….

골수 검사

으으…
기분 진짜
이상해….
시큰 시큰 시큰 시큰 시큰 시큰

시술이 끝나고
이번엔 시술대에서 내리자마자
내 발로 걸어서 병실로 돌아갔다.

에구구~

지난번 흉강천자 때보단
좀 더 용감해진 것 같았다.

나의 제일 큰 고민거리는
얼굴과 목이 점점 더 심하게 붓는 것이었다.
게다가 눕기만 하면 종양이 기관지를 압박했기 때문에
기침이 끊임없이 쏟아졌다.

상상도

일루와~
아
누르지 말라고오!

그래서 계속 침대에
비스듬히 기대어 있어야만 했다.

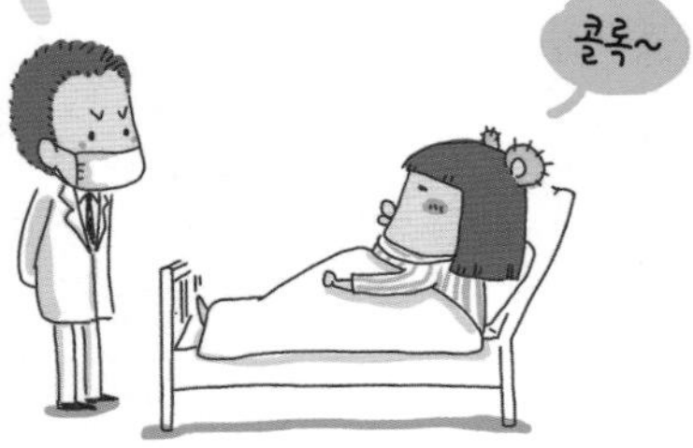
붓기가 너무 심한데…
소염주사 맞고 좀
가라앉혀야겠어요~
콜록~

쪼오금 따끔!
할 거예요~

주사가 아무리
아파봤자
발작할 때만큼
이겠어요?
하나도
안 무서워요!

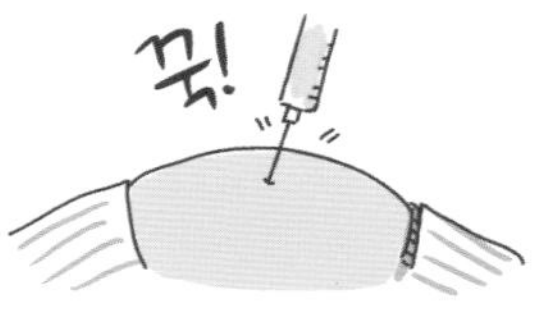
꾹!

끼요오오오옷!!

이런
호랑말코 씹장생
쌍쌍바!!
아프네
염병하게
미친 씨앙!
……

나도 모르게 욕이 방언처럼 쏟아졌다.
그렇게 주사를 다 맞았는데
엄마의 얼굴빛이 하얘져 있었다.

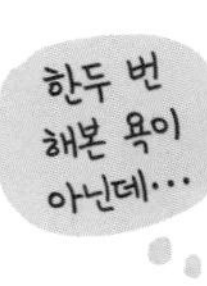
한두 번
해본 욕이
아닌데…

너무 아파서
욕이라도 안 하면 참을 수가
없었지 뭐야~
슥슥…
……
귀
막아.
??

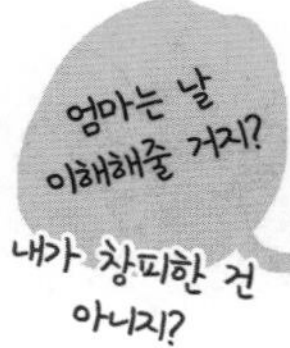
엄마는 날
이해해줄 거지?
내가 창피한 건
아니지?

엄마도
네가 힘들어서
그런 거 알아….

아~아!
꽈악
…그럴 땐
고향사투리로 욕하면
되잖아…?
그럼 다른 사람도
못 알아듣고!
옆에 애기도 있는데!!!

엄만 언제쯤 알게 되실까.
아플 때 욕을 한바탕하는 게
얼마나 큰 힘이 되는지!

내 만화 속에서 우리 아빠는
항상 웃는 표정을 짓는 친근한 이미지로 그려졌지만,
실제로는 엄격하고 근엄한 가장의 모습에 더 가깝다.

만화 속

웅아~!
이거 저번에
먹고 싶다고
했지이?
ㅎㅎㅎ
내 새끼~
우리 아빠
최고!!

현실 속
엄

숙

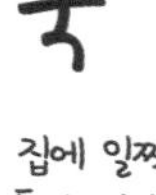
집에 일찍
들어오너라!

아빠는 7명의 형제 중 유일한 아들이었기에
어렸을 때부터 책임감을 많이 느꼈다고 한다.
그래서인지 내 기억 속의 아빠는 빈틈이 없어 보였다.

가서 씻고
방 청소해라.
카리쓰마
넵!!

아빠가 어쩌다 집안일을 하는 날이면
난 괜스레 불편한 마음이 들 정도였다.

?
허겁지겁
아빠!
제가 할게요-!

예전에 아빠가 산에 죽순을 캐러 갔다가
발을 다쳐서 접골수술을 받고
병원에 일주일 정도 입원한 적이 있었다.

아빠! 많이
다치셨어요?!
제가 지금
갈게요-!
괜찮아~
올 필요 없어.
열심히
일이나 해!

이 불효녀는 결국
보러 가지 못했지만…

내가 입원하게 되면서 부모님은
아예 병실에서 살다시피 하셨다.
엄마는 병원에서 날 간호하느라 눈코 뜰 새 없이 바빴지만
아빠는 크게 할 일이 없으신 듯했다.

베이징이
내 구역이었으면
병을 단박에 치료해주는
의사 선생님을
알아봐줄 텐데!
여기 선생님들
다 좋은 분이에요.
아빠…

병원 밥이 물린 나를 위해
하루 세끼 밥을 사오고

밥 먹자
또 어디서
사온 거예요?
다음부터는
배달시켜서 먹어요,
아빠!

할 일이 없어지면 아빠는
병실에 있는 다른 환자 가족들과 이야기를 나누며
심심함을 달래셨다.

후후후
요즘 사람들은
절대 모를걸? 내가 왕년엔~
블라블라~
엄마.
아빠 또 시작이야.

그러다 어떤 날은
누워 있는 나를 가만히 지켜보기도 하셨다.

...아빠. 지금
귀척하는 거예요?
......
귀척이 뭐냐?

너무 심심했던 아빠는
근처에 있는 이발소에 머리를 깎으러 가셨다가
거의 대머리가 되어서 오시기도 했다.

내가 발로 깎아도
이거보단 낫겠다!
깔깔깔깔

그런데 그날 오후
병원에서 나에게 머리를 빡빡 밀라고 했다.

우리 아들 머리 깎으려고
이발사 아저씨 불렀는데
그 참에 너도 같이 밀자.
이제 머리카락 빠지기 시작하면
건사하기 힘들어~~!

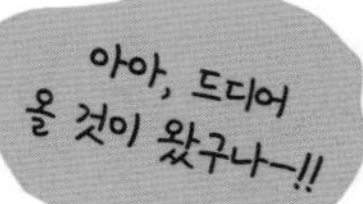
아아, 드디어
올 것이 왔구나~!!

옆 병실 아저씨

싹둑
싹둑

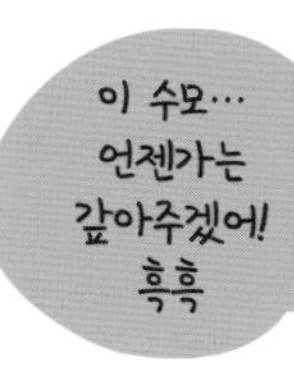
이 수모…
언젠가는
갚아주겠어!
흑흑

웅아! 기념사진 찍자!
김~치!!
얄궂은
정 선배

ㅋㅋㅋ

자, 이젠
사이좋게 부녀 사진
한 방 찍어볼까나?

아버님
웅이 옆에
서보세요~

찰칵
우하하하하!!
빨리 네 엄마한테
보여줘야겠다.
둘 중에
누가 자기 딸인지
맞춰보라고 해야지~!!

…아빠도 성격이 점점 변해가고 있었다.

ㅋㅋㅋ
ㅋㅋㅋㅋ
ㅋㅋㅋ
ㅋㅋㅋㅋ
우아앙!
나도 이 머리
싫다고오~!!!

옆 침대에 있는 은방 언니도 머리를 깎아 대머리가 되었다.

오오!
언니 뭔가 잘 어울려.
'소오강호'에 나오는
여중 의림이 같아~!
에헷
근데 왜
난 꼭 주지스님
같은 거야…?
뚱보는 역시
이런 스타일이
어울리지 않아~
쎄보이긴 하네….

그리고 고지지도 다른 병실에서 돌아왔다.

지지야~
예쁜 짓하면
요 사탕 주지~♡
쑥스러움
사탕 주떼요~
아저씨!!
너 안 줘!

사실 대머리가 조금 흉해보이긴 해도
나름 편리한 점도 있었다.

오오오오
바람결이 머리를 스쳐가는 거 기분 좋다…!
살랑…

머리는 세수할 때 수건으로
그냥 슥슥 문지르기만 하면 정돈 끝!

이건 진짜 신세계야!
머리 감는 거 귀찮았었는데…

그렇지만 손님을 맞이할 때는
이런 모습이 아직 조금 부끄러웠다.

나 내일 너 보러 갈게~ 샵

아이미, SOS! 땡땡이 온대! 빨리 가발 좀 사다 줘-!!

참, 그리고
여러 가지 스타일로
하나씩 사와 봐~!

내가 돈이
넘쳐나는 줄
아냐!!

·

·

·

·

자아~
사왔어···

무슨 스타일이야?
청순? 발랄?

......

?!
이··· 이건
내 예전 머리랑
똑같은 단발이잖아!!
오늘도 웅이
놀려먹기 대성공
넌 그 머리가
트레이드 마크니깐~
ㅋㅋㅋ

야 그래도
예전 니 머릿결보다
훨씬 더 좋다~!
너무한다
진짜!!

항암화학요법을 받기 전.
매일 찾아오던 발작은 잠시 멈췄다.
하지만 잠도 잘 오지 않고 누울라 치면
너무 괴로웠다.

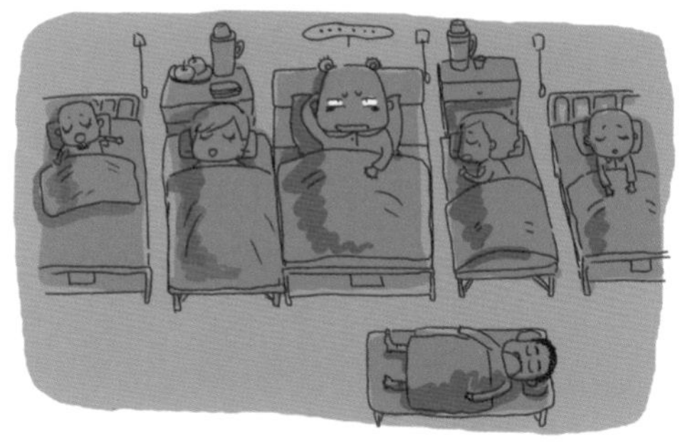

내가 있는 병실은 말이 3인실이지 간호하는 가족까지 합치면
실은 6인실과 다름없는 곳이었다.

드렁…
아이이
드렁~
드르르릉~
싸~아
드렁
크이이

그때 난 깨닫게 되었다.
코 고는 소리도 전염된다는 것을…
여러 개의 코 고는 소리가 어우러져
마치 하나의 교향악단이 탄생한 듯했다.

에휴.
밖에 나가 바람이나
쐬고 오자.
드렁
드렁~

병실을 나오긴 했지만
야심한 밤에 병실 복도를 걷고 있으니
나도 모르게 온몸이 오싹해졌다.

뭔가 귀신이
팍 튀어나올 것
같아…

허억-!
!!
우갹-!

뭐야.
간 떨어지는 줄 알았네.
손이나 씻고 들어가야지.
왜 저렇게
소리도 안 내고
다니는 거야?
여
남
지릴 뻔했네

!
…내가 꿈을 꾸고 있나?
세면대에 있는 이 황갈색 물체가
똥으로 보이는데… 아… 아닐 거야.
대소변을
버리지 마십시오.

대소변을
버리지 마십시오.
......

그대로 화장실에서 나와

여
남

태연히 남자 화장실에서 손을 씻었다.
도저히 그 세면대에선 씻을 수 없었기 때문이다.

아까
그 여자 아냐?!
……

역시
병원의 밤은…
너무 무서워!
탁!
탁!

…아까 본 똥이 요괴로 변하는 상상을 해버렸다.

이히히~
따라다닐 거야~!
똥이나 먹어라!

하지만 만화가 이마 이치코의 《백귀야행》에 이런 말이 있다.
요괴를 두려워할수록 그것들은 오히려 당신을 쫓아다닐 거라고…!

크큭~
히히히~

그래, 요괴든 병마든 모두 무섭지 않다-!!
다 덤벼!

아뵤~옷!!
히익

핫
후
하

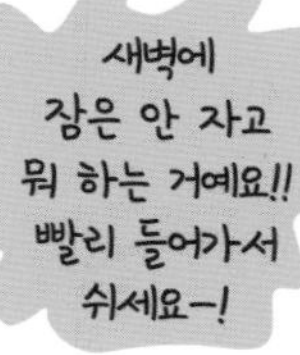
새벽에
잠은 안 자고
뭐 하는 거예요!!
빨리 들어가서
쉬세요-!

에고··· 아무도
없는 줄 알았는데···

다음 날 골수검사 결과가 나왔다.
동시에 사용될 항암제가 결정되었다.
이제부터 난 정식으로 항암화학요법을
받을 수 있게 된 것이다.

종양이 골수까지
퍼지지 않았으니
천만다행이에요.

헤헤. 선생님
전 뼈 하나는 튼튼하게
타고났다구요~!

농담하는 게
아니에요!
얼마나 위험할
뻔했는데요.

만약 골수까지 퍼졌음
이식을 해야 하는데,
웅이 씨 상황은 좋지 않아요…
왜냐하면 형제가 없는데다
부모님 연세가 많으시니 주절주절~

뭐가 이렇게 복잡해?

암튼 문제없다는 거죠?
저 갑자기 어제 못 본
드라마가 생각나서요!
도망가자...
잠깐!
내 얘기 다
안 끝났어요!
변명은 빛의 속도로 지어냄

항암화학요법 치료 시간은 꽤 긴데
내가 *PICC를 거부한 탓에 간호사 언니가
*말초정맥관을 놓아주었다.

언니, 아프지 않게
살살 좀 해줘요~
이 통통한 팔 좀 봐.
정맥이 어딨는지
보이지도 않는다!
PICC로 하면
편하다니깐 그러네...

***PICC:** 약말초삽입 중심정맥관. 영상의학적 시술을 통하여 말초정맥에서 중심정맥까지 삽입된 굵은 관이다. 장기간의 약물 및 수액 등의 투여에 적합.

***말초정맥관:** 약물 및 수액 등을 주입하기 위해 정맥에 가느다란 관을 삽입한 것. 삽입이 간단하지만 오래 둘 경우 부작용이 발생할 수 있다.

전 그거 싫어요.
내 몸에 그런 게
들어가 있으면
찝찝해요. 난 탐폰도
안 쓴단 말이에요.
그리고 육 개월이나
넣고 있어야 한다던데.
제발
할 말 못할 말
다하지 마-!!

그러나 나는 간호사 언니의 말을 들었어야 했다.
말초정맥관 때문에 내가 한 고생은 이루 말할 수 없었다.

피 난다…
침이 떨어져
나왔어!!

보통 말초정맥관은 5~7일 정도 유지되는데
어찌된 일인지 나는 사흘을 넘기지 못하고
문제가 생겨버렸던 것이었다.

이렇게 많이
부었어요!!
어쩌다
이렇게 됐어!!

항암화학요법은 병을 치료해주는 동시에
여러 가지 능력(?)을 남겨준다.

치료를 받는 동안 대부분은
탈모 능력을 갖게 되며

으아악

어떤 이들은 갑자기 체중이
엄청나게 주는 능력을 갖게 되고

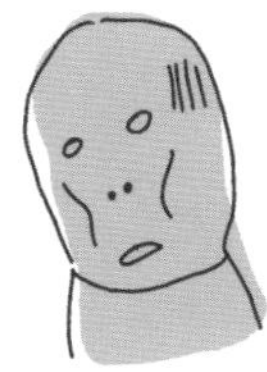

또 어떤 이들은 언제 어디서나
구토할 수 있는 능력…

우엑~~!!

그리고 나는…
이름하야 '방구 뿡뿡' 능력을 얻었다.

헤헤헤
발사!
뿡-!
넌 곰(웅)이 아니라
스컹크야 스컹크-!!
으악!!
구린내!!

그리고  변비 능력까지… 휴~!

배가
더부룩해 죽겠네!
변비약을 몇 봉지나
먹었는데….

여러분
이럴 땐 '관장제'를
부탁하세요~
일명 '똥침약'이라고도
합니다!!
이렇게 생김

간호사 언니!!
똥침 좀 놔줘요!!!

!!

빨리 빨리…
똥침~?
못 말려~
호
호
호

역시 간호사 언니가
놔주는 똥침이
딱이라니까~
아이 상쾌해~
예히~
…너랑 다니면
왜 이렇게 낯부끄러운지
모르겠다….
제발 조용히 좀
말하면 안 되겠니…?

항암화학요법을 시작한지 이틀 만에
병세가 조금 누그러들었다…!

오오옷!
내 목이
원래대로
돌아왔어!!

단, 방귀 뿡뿡 능력은 여전했지만 말이다.

뿡
뿡
뿡
냄새~!
항암화학요법이라는 거
사람들이 말하는 것처럼
그렇게 힘든 게 아니구만
뭐~!
괜히 쫄아서
겁먹었잖아!
후후후…
윽?!
갑자기 머리가
어지러워어~
털썩~

…정말 무서운 건 이제 시작이었다.

본격적으로 항암화학요법의 반응이 나타나기 시작했다.
난 자주 피곤해졌으며 심지어
이야기를 나누다가 잠이 든 적도 있었다.

널 위해 내가 직접
재료를 사다 만든
도시락이야~!
맛있어~!

스르륵
!!

ZZZ

어머님!! 웅이가! 웅이가!!
쓰러졌어요!!
괜찮아.
걱정 마…
자는 거야
~!!

기운이 없고 쉽게 잠에 빠지는 것 역시
항암화학요법 반응 중의 하나였다.

쿨쿨~

어느 날 나 혼자 침대에서 내려와 바람 쐬러 나갔다가
우연히 입원 데스크 앞에 훈남이 서 있는 걸 보았다.
순간 잠에 취했던 내 두 눈이 번쩍 뜨였다.

저기요.
궁금한 게
있는데…
핫♥
아… 아차!
나 지금 대머리지!
우다다다다다다다다

얼른
가발 쓰고!!

쓱!

털썩

음냐 음냐…

병실까지 뛰어오느라 힘들었던 나는
그대로 자버렸다…!

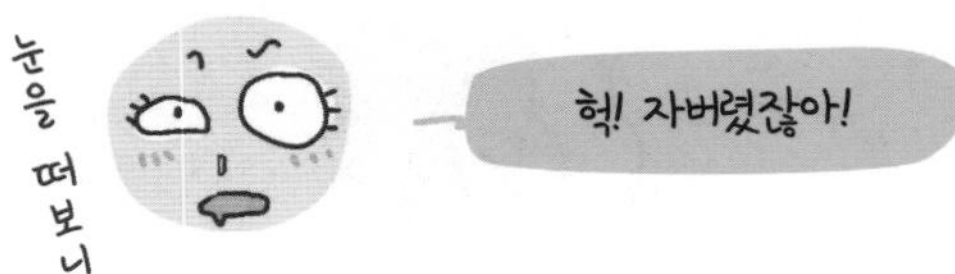

눈을 떠보니
헉! 자버렸잖아!

와다다다다다다다다다다다
빨리 빨리

사라졌음
안내 데스크
으악! 절호의 기회였는데-!!

내가 이상할 만큼 오래 자면
엄마는 많이 걱정하셨다.

스을쩍

나 아직
안 죽었어 엄마…

얘는, 죽었니 뭐니
그런 말하지 말랬지!
혹시나 해서
만져본 거야….

어! 또 날이
저물었네….

너 반나절이나
잤어….

맨날 이렇게 잠만 자다간
도대체 남자는 언제 만나?!

치료 일기 49

대머리에게도

병에 걸린 뒤 비단 몸만 힘든 게 아니었다.
여자로서의 삶이 송두리째 빼앗긴 기분이었다.

아 짜증 나!
살은 뒤룩뒤룩 쪄가고… 게다가 대머리…

무슨 소릴 하는 거야?
니가 굴러다닐 만큼 뚱뚱해도 난 널 사랑해!

갑자기 나타난 꽃청년

그… 근데 난 대머린데…?

그 반짝이는 대머리조차 아름다워~

쪽!!
쪽!!
쪽!!

아···
아름다운 꿈이었어···!

그래···. 내가 아직도 남자 꿈을 꿀 수 있는 걸 보면
비록 겉모습은 이래도 여자로서 마음이 죽지 않은 거야···
좋았어!

화장실이나 가자~

치료 일기 20

아빠가 집으로 돌아갔다

아빠는 집으로 돌아가기로 했다.

아빠 먼저 집에 간다. 엄마가 여기 남아서 널 보살필 거야~!!
쓰윽!

이번에 아빠도 베이징에 오셔서 많이 고생하셨다.
예를 들면 음식이 입에 안 맞아 속이 늘 안 좋았다.

이게 뭐야!! 뭐가 이렇게 질겨~!! 하나도 맛없어!!
무슨 말이에요!! 소천엽볶음이 얼마나 맛있는데!! 내가 지금 병 땜에 못 먹어서 그렇지~ 안 그랬음 나 혼자 벌써 다 먹어치웠어요!!!

밤에는 또 내 걱정에 잠도 제대로 못 주무셨다.

아함~
아니야… 너나 푹 쉬어…
아빠, 피곤하면 여관에 돌아가서 한잠 푹 자요~~!

검사 결과를 찾는다던가 이런 사소한 일은
모두 아빠가 뛰어다녔는데 신발이 딱딱해서
아빠 발에 피고름이 생기기도 했다.

아파요?
쪼금… 웅이한테는 말하지 마…

지난번 병원에 입원한 것도
나 때문에 발을 다친 거였다……

아빠… 나 죽순조림 먹고 싶어~용 ~~~!!

알았어! 아빠가 캐다줄게!!

그 말에 아빠는 산으로 죽순을 캐러 갔다가
산비탈이 너무 가파른 탓에 넘어졌던 것이다…

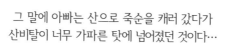

몇 번이나 아빠가 나 몰래
다친 발을 주무르는 걸 보았다.

후…
아빠~ 혹시
발이 또 아프기
시작했어요?
괜찮아~
괜찮아~~

내가 외지에 나와 있는 몇 년 동안
'괜찮아, 괜찮아'는 아빠가 나한테 제일 많이 한 말이었다…

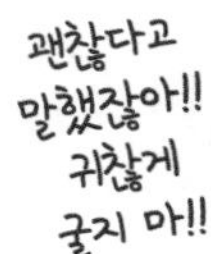

괜찮다고
말했잖아!!
귀찮게
굴지 마!!
아빤 괜찮다는
말밖에 몰라요?
왜 나한테 얘기
안 해주는 건데!!

병원에 있을 때 아빠는 날 웃기기 위해
일부러 '코미디쇼'를 했다.

체온 잴
시간입니다.
체온계
어디다
껴야 돼요~~?

겨겨겨겨드랑이에 끼지요~
푸!!!
웅이 아버님
너무 재밌으시다!!!
••• •••
결국은
다른 사람을
웃겼다…

솔직히 말해 맘이 너무 복잡했다.
아빠가 집에 돌아가 푹 쉬셨으면… 하면서도
또 내 옆에 계셨으면 좋겠다 싶기도 했다.

아빠 오늘
집으로 간다!
오후 다섯 시 비행기니까
두 시간 전에 미리
움직여야 해~~
응~~~
코가 벌렁…

갑자기 눈물이 막 나올려고 했다.

아빠~
가지 마세요~~
나랑 좀 더
얘기해요~~
가서 코 좀
풀고 올게~~
······
······
······

날 등지고 창가에 서 있는
아빠의 어깨가 살짝 들썩이고 있었다.
아빠가 지금 억지로 울음을 참고 계신다는 걸
사실 나도 다 안다…

아빠, 아빠 뒷모습이
나랑 똑같네!!

울 외할머니 처녀 시절에
어느 날은 신혼집 공사장에 밥 심부름을 갔다.

라랄라~
밥
갖다주러~
시골길에
올랐다네

신혼집 공사장에 들어갔더니
한 씨네 오빠가 혼자 안에 있더란다.

ㅋㅋㅋ
밥 가져왔어요.
식사하세요.

그리고 도시락을 내려놓자마자
누군가 밖에서 대문을 닫아걸었다.

탁!

넌 오늘 못 나와!!
안에 있는 그 사람이
이제부터 네 남편이야!!
오늘이 바로 네가
시집가는 날이라구.
축하한다!! 하하!!
이봐요!!
문은 왜 걸어요!!
나가게 해줘요!!!
저…
저기…

그렇게 그 사람이랑 결혼했다고 한다.

…

후에 자식이 하나둘씩 생기기 시작했다.
내 큰 외삼촌, 작은 외삼촌, 우리 엄마, 그리고 작은 이모.

사실 가운데 자식이 한 명 더 있는데
오리를 쫓다가 큰물에 밀려 떠내려갔다고 한다.

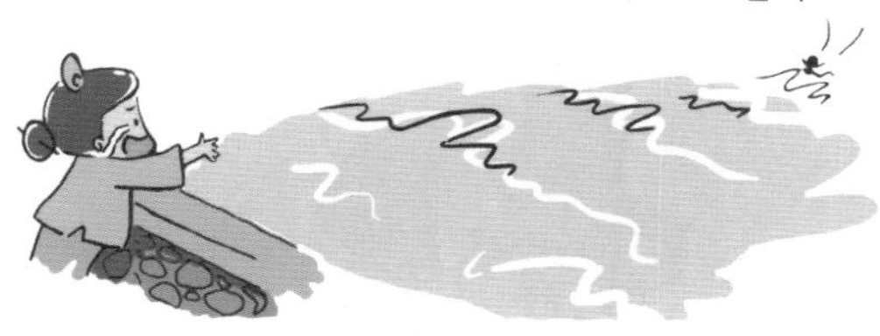

그래도 남은 자식들이 모두 건강하게 자라줬고
모두 시집, 장가 가서 손주를 보았다.
나는 손주들 중에서도 제일 말썽꾸러기 외손녀였다.

누나가 나 때렸어요.

어느 날은 외할머니가
독에 담근 시퍼런 감을 훔쳐 먹었고

아직 못 먹어!!
떫어서 못써!!

또 어느 날은
외할머니의 단오차에 설탕을 퍼넣었다.

차
설탕

왜
이렇게
달지?

하지만 내가 아무리 사고를 치고 다녀도
외할머니는 항상 내 편이셨다.

내가 점차 크면서 외지에서 학교를 다니고
취직하게 됐고, 고향에 갈 때마다 외할머니는 항상
빨간 봉투에 용돈을 넣어주셨다.

이 할미가 용돈 좀 넣었어. 필요할 때 보태 써.
잘 쓸게요. 외할머니!

이 돈 안 쓰고 고이 가지고 있다가 비상시에만 꺼내 쓸게요.

하지만 결국은 모두 금방 써버렸다….

에고, 외할머니가 주신 돈을 써야겠다…

그 후에 내가 병에 걸렸다.
그리고 설 쇠러 고향에 내려갔을 때
비로소 알게 되었다.
외할머니 건강도 많이 안 좋다는 것을.

외할머니,
저 귤 먹고
싶어요…
그래.
실컷 먹어~~!!
콜록
콜록

원래는 엄마가 외할머니를 돌봐드려야 하는데
내 병 때문에 어쩔 수 없이 날 돌보려고
베이징에 와버렸던 것이다.

2012년 3월 31일, 이른 새벽에 아빠한테서 전화가 걸려왔다.
외할머니께서 돌아가셨던 것이다.
엄마는 당장 그날 비행기로 고향으로 돌아갔고
난 백혈구 수치가 너무 낮아 같이 돌아가지도 못했다……

내 기억 속에서 외할머니는
줄곧 흰머리에 마른 체형이었다.
등이 약간 휘였고 옷에서는 언제나
장롱 냄새가 약간 풍겼다.

완전
맛있어!!

외할머니의 인생을 돌이켜보면 기쁨도 있고
아픔도 있고 행복한 시절도 있었고 저조기도 있었다…
인생의 큰 기쁨과 슬픔을 모두 겪어봤고
자식들 모두 효도하고 슬하에 손자, 손녀도 많이 두었다.
비록 위대한 삶을 살진 않았지만
그래도 평범하고 원만한 인생이었다.

제가 불효하여 마지막 가는 길을
바래다 드리지 못 하고
이렇게 몇 폭의 그림으로나마
외할머니를 그려봅니다.

가시는 길에 베이징을 지나게 된다면
이 글을 볼 수 있기를 바라면서

웅이 올림.

병원에 갓 입원했을 때만 해도
외모에 신경을 많이 썼다.
그래서 늘 아이미한테 화장품 심부름을 시키곤 했다.

병원에서
렌즈는 왜 끼고
지롤이야...

이뻐 죽겠지!
그치!

......

항암화학요법을 시작해서 대머리가 된 후에도
늘 가발에 치마를 차려입고
환자처럼 보이지 않으려고 노력했다.

에
잇
슥
슥
헤헤헤헤…
……
누나가 갑자기 이뻐졌다!!!
그치~!?

앞이 너무 파였어.

……

네가
감기 걸릴까봐
그래……

여름에 무슨 감기!
더워 죽겠다구!!

흥!

늘 이렇게 엄마랑 둘이서 신경전을 벌였다…

하지만 하루하루 날이 지나면서
그 열정이 조금씩 식어가기 시작했다.

이 화장품들은 쓸 거야 말 거야~~? 안 쓰면 아이미 보고 다시 가져가라 그래. 여기 놔두니까 걸리적거리잖아…

그리고 대머리가 된 후부터 사람들은
내 머리를 만지기 일쑤였다.
그중에서도 정 선배가 제일 심했다.

이 대머리! 정말 시원하겠다~!!

처음에는
나도 펄쩍 뛰었다.

두 번 다시 만지지 마~!! 머리 가죽 얇아진다구!!!
아~~ 깜짝이야!!

그런데 만지면 만질수록…
이상하게도 편해지기 시작한 거다…

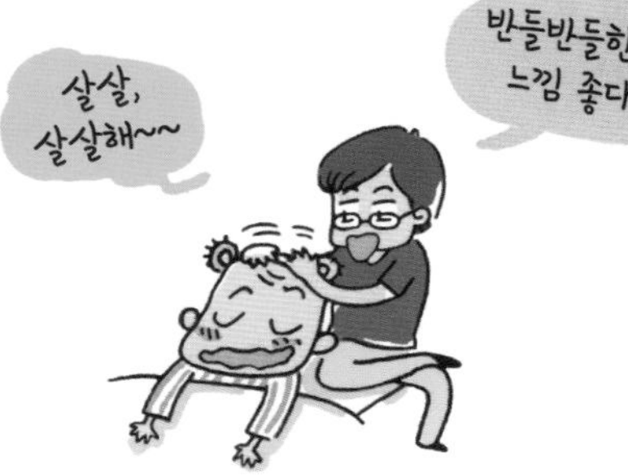
살살,
살살해~~
반들반들한 게~~
느낌 좋다야~

그래서 심심할 때면 직접 내 머리를 어루만졌다.
그것도 완전 싸나이 포즈로.

꼴좋다!!
니가 깡패야!!!
여자라는 게
꼴이 그게 뭐냐!!
왜 뭐
불만 있어~~?
긁적
긁적

웅이 씨,
누가 왔나 봐요~?

얼굴 보려고
잠깐 들렀어요.
요즘 좀
어때요?
아이구!!
양 선생님이
어떻게!!!?
지금 일부러
나보러
오신 거예요?
그……
그래요…!
선생님! 정말 너무너무
감사합니다!!
땡큐!!
땡큐 베리 마치!!

헤헤
......
회복이 잘 돼가는 것 같아 다행이네요.
전 일이 있어서 이만...

그 뒤로 양 선생님은 더 이상 찾아오지 않았다.

이상하네 ......
왜 또 날 보러 오시지 않는 거야

앞에서도 여러 번 얘기했지만
항암화학요법을 시작하면서부터 호르몬의 영향으로
식욕이 아주 왕성해졌다~(절대 본능적인 식탐 체질 때문이 아님).

꺼억~!
웅이야, 나 왔다!!!
매일 퇴근해서 한 시간씩 버스 타고 날 보러오는 아이미.

응~~ 배불러서 일어나 앉지도 못 하겠다야~~!!

뭐야~~ 벌써 저녁 다 먹었어~??

에이, 그런 줄 알았으면 핫도그 안 사는 건데~~ 니가 먹고 싶어 할 것 같아서……

아!!

어서 날 일으켜줘 봐봐~~!!
일어나는 건 괜찮은데, 더 이상 먹으면 안 된다!!

절제 좀 해라!! 오늘은 그만 먹어!!

그런데 이렇게 먹었는데도
살이 찌지 않았다는 거다.
너무 뜻밖이야!

푸!!
오히려 1.5킬로 더 줄었네!!!

이렇게 많이 먹었는데도
1.5킬로나 줄다니!!
그럼 치료가 다 끝나면
나도 다이어트에 성공하는 건가?
불행 뒤에 복이 온다더니!!

해삼탕, 돼지족발,
치즈케익, 아이스크림……
모조리 다 사갖고 와!!
난 이젠 아무리 먹어도
살이 안 찐다구!!

하루 지나 다시 몸무게를 쟀더니…….

몸무게가 2킬로나 올랐잖아!!!
저울이 고장 난 게 틀림없어!!!

Fxxxxxxxk!!!
병원 저울이
고장 났어!!!!!!!!!

새 머리가 자라기 시작했다.
그것도 이전보다 더 검고 굵었다.

머리!
머리!

와, 참 굵다!! 전에는 얇고 숱이 적었는데 훨씬 낫다!!!!
얇고 적었다니!!! 말이 우째 쪼까 이상하다!!!

얼레리~ 꼴레리~ 고슴도치 한 마리~
내가 환자라고 만만하게 본다 이거지…… 가만 두지 않겠어……!!

내 필살기를 보여주겠다! 검지신공!!

엄마! 엄마~!!!
아이미가 자꾸 나 놀려!!!
....
모른 척
......
혼내줘
혼내줘
검지신공
뭐야!!
엄마한테 이르는
거였어?!!
못난 녀석!!

이렇게 오랫동안 대머리를 하고 있었던 걸 생각하니
속이 너무 언짢았다.

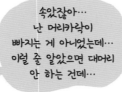

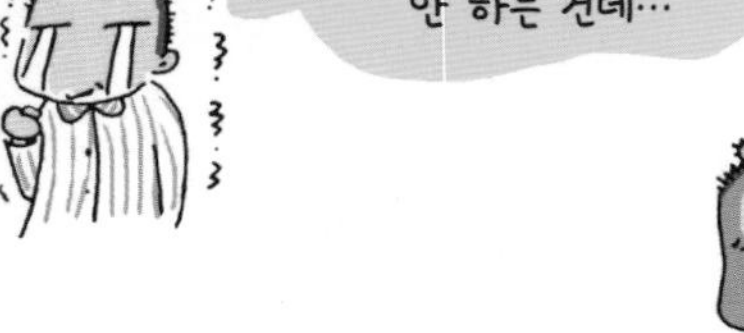
속았잖아…
난 머리카락이
빠지는 게 아니었는데…
이럴 줄 알았으면 대머리
안 하는 건데…
내가 심성이 착해서
항암화학요법 해도
머리가 안 빠지나 보다.
쩌는 내 인성…
후후후훗…

웅이야!

언니!!
언니도 화장실
가는 길이야?

넌 머리 안 빠지니? 난 이미 빠지기 시작했는데!!

아니!! 난 아무래도 머리카락이 안 빠지는 체질인가 봐!!!!!

언니, 너무 불쌍하다…

그럴 리가~~ 한 번 살짝 당겨봐봐?

제… 제기랄……!!!

아니나 다를까 두피가 조금씩 흔들리고 있었다……

아아아아아~!!!
슥
슥
슥
더 이상 뽑으면 안 되는데!! 왜 그런지 도저히 멈출 수가 없어!!!!

매일 아침 일어나면 베개에는
짧은 머리카락이 가득 묻어 있었다.

미리 대머리로
밀었으니 다행이지.
안 그랬음
더 우스워질 뻔했어……

탁
탁
탁

오래전부터 만화책에서 병든 소녀가
외롭게 병실에 누워 창밖을 내다보는 장면을
많이 봐왔다…

괜찮아, 소녀야. 이제 곧 멋있는 왕자님이 네 창문 앞을 지나가게 될 거야.
너무 식상해!!

식상하다고 비웃었던 나

그때 그렇게 비웃는 게 아니었어….

이런 게 인과응보구나…

내가 병원에 입원한 지 한 달도 넘었는데 한 번도 꽃미남이 내 창문 앞을 지나간 적이 없어. 이제 다시는 사랑 같은 거 안 믿을꼬야…

……

여긴
5층이라구!!!
소년이 슈퍼맨이야?!
날개라도 달렸어?!!

그렇게 병원에서 한 달 넘게 보내는 사이
항암화학요법도 한 단계가 끝나고 두 번째 단계로 들어갔다.

병실의 천장은 아주 낮았다.
손을 뻗기만 하면 닿을 수 있을 듯했다.

의자 위에
올라서서 손만
뻗으면 닿을 수
있어!!
당장 내려오지 못 해!!
몇 살인데 아직도
애들 장난이야!!!

나처럼 활동적인 사람이
맨날 복도만 빈둥빈둥 돌아다녔다.

벌써 몇 바퀴째예요!!
어서 병실로 돌아가요!!!

이전 생활에 비하면
새장에 갇힌 새와 같았다.

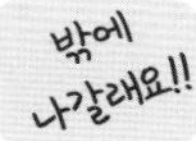
밖에 나갈래요!!

안 돼!

밖에 나갈래요!!

의사 선생님께서 안 된다고 했어!

밖에 나가게 해줘!!

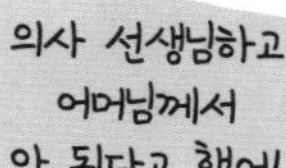
의사 선생님하고 어머님께서 안 된다고 했어!

너무 답답하면
한 번씩 크게 화내는 것으로
기분을 풀기도 했다.

열 받아 죽겠네!
열 받아 죽겠어!

내가 가서
널 구해줄게!!!
어떡해.
나 답답해
죽을 거 같아!

그냥 말해본 거겠지.
이렇게 먼데. 게다가
출근해야 하잖아...

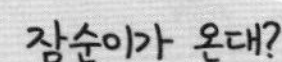
잠순이가 온대?

그런데 추석 휴가 때
잠순이가 정말 상하이에서 베이징으로 날아왔다!

이 지지배,
너한테 완전
감동 먹었다!!!!

Hello!

잠순이와 편이는 내가 상하이에 있을 때
나랑 제일 친한 친구였다.
전에 우리 세 사람이 한집에 살던
그 시절의 이야기를 내 만화에 그린 적도 있다.

그때 내가 니들을 버리고
무정하게 베이징으로
와버렸는데도 아직 날
기억하고 있는 거야……

당연한 거 아냐?
친군데!

추석이라서 그런지 곽 선생님께서
특별히 외출을 허락해주셨다!

백혈구 수치가
정상이라서 봐드릴게요.
외식 한 번 하고 오세요!

뭐···
뭐라구요?
거봐!!
모두 내 덕분이야!

저… 정말 외출해도
되는 거예요?
외식해도
괜찮은 거예요?

갑자기 그 말이 믿어지지가 않았다.

야, 의사 쌤이
나가도 된다잖아……
나갈 준비 안 하고
뭐해?!

안 돼!!! 오랜만에
외출하는 건데
그냥 보내면 서럽지!!
아주 화려하게 보내고
와야 돼!!!

자!
새 옷이다.
Yeah!!

푸른 하늘~!
흰 구름!!

하하하!!!!
이럴 줄 알았으면 나오지 말걸……
저 지지배는 어째 하나도 변한 게 없냐··· 언제쯤 철이 들지···

이렇게 아주아주 즐거운 추석을 보냈다.

짠!! 아이스크림 월병이다!!

그날 밤은 자면서까지도 웃을 수 있었다!

병원에서 긴 시간을 보낸 끝에
드디어 두 번째 항암화학요법을 마쳤다.

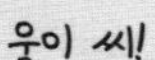

웅이 씨!
정말 대단해요. 항암화학요법을 두 단계나 마쳤는데도 합병 증세가 나타나지 않았어!!

합병증이란 아주 무섭다.
같은 병실에 있던 언니가 그 합병증 때문에
고열에 시달리다 결국은 무균병실에
갇히게 된 걸 내 눈으로 직접 본 적이 있다.

병실 전체를 모두 밀봉하여
외부와 격리시켰다.

웅아~~ 네가 너무 부럽다
언니…

저는 양호한 체질(온몸의 비계 덩어리)과 밥심(식탐 체질) 덕분에
다행히 합병 증세를 보이지 않았습니다.
이에 아주 뿌듯하고!! 자랑스럽게 생각합니다!!!

의사 선생님!!
혹시 지금까지 봐온
환자 중에 제가 제일
대단한 거 아니에요?
그쵸?
맞죠?

그… 그래요!
하마터면 클리닉 쪽으로
넘길 뻔했지!!!

엄마! 저 누나
너무 웃긴다!! 마치
어린애 같애!!
쉿!! 그런 말
하면 못써!!

웅이야! 철 좀 들어라!!
애들이 웃는다!!!

흥!

우리 병실에 또 새로운 환자 한 명이 늘었다.
이 녀석은 강시 영화 보는 걸 제일 좋아했다.
영화를 볼 땐 늘 나랑 같이 보자고 졸랐다.

손을 쭉 뻗어야죠!!
이렇게?
강시 연습 중…

이 녀석은 이번이 두 번째 입원이라고 한다.
그래서 모든 절차를 꿰뚫고 있었으며 '풋내기 환자'인 나를 늘 비웃었다.

백혈구 주사 맞자!
백혈구 주사?

난… 난 피부가 꽤나 하얀데……
(피부하고 머리 모두……)
안 맞아도 되지 않나!!
…

누나, 바보!!
그 주사는 백혈구 세포를 높여주는 거란 말야!!!
푸하하
흥

일반 혈액 검사를 받는 날이 왔다……

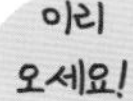
이리
오세요!

손가락 피
뽑게!!!

그냥 따끔한
정도예요!
아야!
탁!

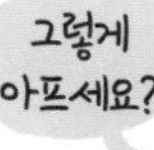
……

그렇게
아프세요?
아!!!!

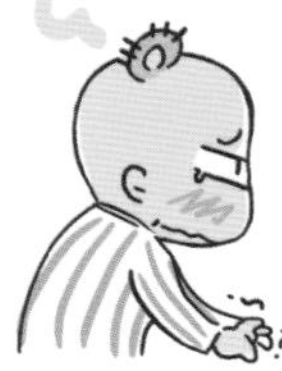
저는 갑자기
따끔할 때가
제일 무서워요!!

그럼
어떻게 할 때가
안 무서워요?

안 아픈 게
안 무서워요…

아하하하하하하!!
이제부터 내 누나하지 말고!!
내 동생 해요!!!

그 후로 이 녀석은 정말로 나를 동생이라 불렀다.
아~ 정말 미치겠다!

동생, 안녕!!!
젠장!

동생, 큰일 났어!!
간호사가 주사 놓는대!!
저눔의
자식……
정말 실컷
패주고 싶다
……!!
부들
부들

하지만 정말 손쓸 엄두는 못 냈다.
걔네 아빠는 온몸에 문신을 하고 목에 굵은 금목걸이를 건 아저씨였다.
보기만 해도 너무 무서운 사람이였다!

압
박
감

아빠
아이패드 사줘!!
그래그래그래!!
아빠가 가서 사올게!!
넌 밥이나 잘 먹고 있어!!
비록 무서워보이긴 해도
정말 자상한 아빠네!

혈액 일반 검사를 마친 결과 모든 것이 정상이여서
드디어 퇴원할 수 있게 됐다!!

아하하!!
나 먼저 퇴원한다!!
너 이 녀석!! 파이팅!!!
흥!

내가 병원에 입원할 때는 반팔 차림이였는데
퇴원할 때는 겉에 긴팔을 입어야 했다!

웅이 퇴원 축하!!!!!

응원해주신
모든 분들에게
감사드립니다!!
좋은 사람이 되도록
하겠습니다.
착하게 살게요.
감사
감사

드디어 퇴원했다.
2주 후면 또다시 다음 단계의 항암화학요법을 받아야 하지만
이제 당분간은 안심할 수 있을 거 같다!

입원하는데 무슨 짐이
이렇게 많은 거야? 집을 통째로
옮겨 오기라도 했어?!!
무슨
상관이야!!

미국 드라마에는 주인공과 엄마와의 갈등을 그려낸
모녀 관계를 풍자한 장면이 많이 나온다.

My mother는 정말 control freak야!! 엄마랑 같이 살아야 한다고 생각하면 정말 freak me out야!!
uh.....

대부분 시간을 외지에서 보내며
일 년에 한 번씩 집으로 돌아가는 난,
모녀 사이의 갈등이라는 게 뭔지
이해가 안 됐다.

뭐 먹고 싶어? 엄마가 해줄게!

전에 엄마가 상하이로 날 보러 와서
보름 정도 함께 보냈는데
그땐 매일매일 정말로 즐거웠다.

어서 와 먹어!!

엄마! 나 퇴근했어!! 오늘은 또 뭐 맛있는 거 했어?

와!! 방도 완전
깨끗해졌당!!!
엄마 최고!

고향에 있을 때 엄마는 운동으로 매일 탁구를 쳤다.
친한 아줌마랑 같이 웃고 떠들며
암튼 아주 활달하고 명랑한 엄마였다.

흥!
두고 봐!!
내가
이긴다!!
와!!

웅이야!
엄마한테
부채춤을 배우지
않을래~~!!
싫어!!!

내가 병에 걸리자 엄마는 날 돌보러 베이징에 왔다.
내 곁에서 한 발짝도 떨어지지 않고 내 수발을 들면서
전에 아주 좋던 사이에 조금씩 변화가 생기기 시작했다.

엄마, 이 주사 너무 아퍼···!!!
거의 다 끝나가. 조금만 참아 ~~!!!

엄마는 내 병에 대해 너무 긴장한 탓에
모든 걸 조심스레 다루었고 날 아예 어린애 취급했다.

엄마, 왜 아직도 안 자··· 나만 쳐다보지 말고 엄마도 눈 좀 붙여···.
아직 잠이 안 와···.

콜록!!

왜! 왜 그래!!!
왜 기침했어!
어디가 불편하니!
가슴이 답답하진 않아?
목은 안 아파?!!!!

손, 손은
깨끗이 씻었어?!!!
검사해 보자!!!
......

자...
대추 먹자...
아~~! 어서~~!
하나 더~~!
......

오랫동안 밖에서 홀로서기를 해온 난
어린애 취급당하는 게 너무 싫었다.
그래서 화를 내기도 하고 삐치기도 했다.

안 먹을래!!
맨날 먹는 것도 이젠
너무 지겨워!!!

잔소리 좀
그만하라구!!!
귀찮아 죽겠어!!!!

하지만 성질을 한바탕 부리고 난 후엔 또 금방 후회했다.
엄마도 많이 힘들 거란 생각이 들었다.

미안해~ 엄마~
나 다시는
엄마한테
화 안 낼게~!
내가 잘할게~
됐다~
됐어~

한번은 또 내가 못되게 굴어놓고
엄마한테 사과하러 갔다가 엄마가 몰래 주방에서
눈물을 훔치고 있는 모습을 목격했다.

......

나도 엄마가 나 때문에
많이 걱정하고 많이 고생한다는 걸 안다.

너희도 웅이한테
무슨 병에 걸렸다고
말하지 마라….
네~ 어머님!
걱정 마세요…!!

엄마는 병원에서 내 병이 심각하단 얘길 듣고
몰래 화장실에서 울고는 눈물을 닦고 나와
나한테는 웃음을 보였다.

엄마, 무슨 화장실에
그렇게 오래 가 있었어!
응가 했어?
넌 무슨 여자애가
그런 말을 마구
입에 올리냐!!

나도 엄마가 나 때문에
잠을 편히 못 주무신다는 것을 알고 있다.
엄마는 나한테서 무슨 기척만 나도 얼른 일어났다.

으…
으…

고향에서는 활동적이신 분이 베이징에서 적응이 잘 안 돼
늘 아빠한테 전화로 불평을 털어놓긴 하지만,
내 앞에서는 한 글자도 입 밖에 내지 않는다는 것도 난 알고 있다.

네…
여보….
울 엄마 좀 봐라.
하루에도 몇 번씩 아빠랑
통화하고 두 사람 완전
닭살이야….

하지만 사실 난 불효녀다.
언제나 엄마의 너그러움을 믿고 내가 하고 싶은 대로 했다.

나 좀
내버려둬!!!
Leave me
alone!!!
지 입으로는
어린애가 아니라면서
하는 꼴 좀 봐라,
완전 어린애잖아!!

엄마, 죄송해요. 너무 내 멋대로 하고
엄마한테 걱정만 끼쳐드렸어요.

비록 매일
자유를
외치지만~
사실 난
엄마한테
많이 의지하고
있었어요~~!!

무대 위에 서면 떨려서 입조차 떨어지지 않지만
밑에서 웃으며 날 바라보는 엄마를 보면 바로 마음이 놓였다.

이 자리에
와주셔서 매우
감사합니다.
저는 오늘의
결혼식 사회를
맡은…

잠이 오지 않을 땐 엄마한테 등을 긁어달라고 했고
그러면 매번 난 금세 조용해졌다.

슬플 때면 언제나 엄마 품에 안겼다.
아무 말 하지 않아도 아주 든든했다.

나한테 있어 *안(安) 자는 마치 어머니가
두 팔 벌려 딸을 품에 꼬옥 끌어안았을 때
딸이 엄마의 팔 안에서 느끼는 그런 편안한 따스함이었다.

***안(安)** 1. 편안하다. 안정되다.
2. (심신 등을) 안정시키다. 진정시키다.

딸

내가 이제 막 여기까지 그렸는데
마침 엄마가 내 방으로 들어왔다.

지금 뭘
그리고 있어?
아악, 보면 안 돼!!!!

쳇, 누가
보고 싶대~~!!

...

엄마, 사랑해!!!
어이쿠!!!
와락!

드디어 퇴원했다.
기분이 너무 좋았다.
퇴원하면 예전처럼 돌아가는 줄 알고 있었다.

패션 가발

커피 한잔

원~투! 원~투!
건강 체조

평범하지만
충분한 날들이여~!
생각만 해도
마냥 행복하다!!!
Yeah!

그런데 차 안에서부터
그 다리가 또 나타나기 시작했다.

아이구~ 엄마~~
또 눈에 그 다리가
나타났어~~~

왜 이런 현상이 나타나는지
전문가한테 정말 물어보고 싶다.

정상일 때
내 눈에 비친 세상

갑자기
눈앞에 별이 보인다.
머리가
빠개질 거 같다.
반짝이는
다리 하나가
걸린 것처럼
보인다.

암튼 그 다리가 보이기만 하면
머리가 빠개지듯 아프면서 너무 괴로웠다.

흐흑…
머리 아파…
머리 좀
주물러줘…
주물
주물
이렇게?
이렇게?

더 세게~~
더 세게~~
……
꾸욱
꾸욱
지금은?
이렇게는?

너무 세잖아…
네가 너무 세게
주물러서
더 아퍼…
어머님…
이 녀석
패줘도
돼요?
그래~~!

백혈구 주사를 맞으면 온몸이 쑤시고 아팠다.

심지어
두피까지···
쑤시고······
저리다······
에고고고고고······

콕!

끼기기긱!!
나 죽네
나 죽어~

허허허허

그리고 정맥염증까지 생겼다……

손에 주사 구멍이
너무 많다……
아편쟁이같애……

처음에는 약도 바르고

온찜질도 하고

감자도 썰어 붙였다……

내 생각엔 그래도
온찜질이 효과는 최고인 거 같다.

에구…
에구구…
어머님,
제가 할게요…!!

가끔은 엄마가 오밤중에 일어나 온찜질을 해줬다.
꾸벅꾸벅 졸면서 날 챙기는 모습이 보는 내가 다 안쓰러웠다……

꾸벅
꾸벅
아야~~
아야야~~

엄마 손이 약손이란 말이 있다.
정말 딱 맞는 표현이다……

내가 퇴원해서 며칠 안 돼
대학교 때 친구들이 갑자기 날 보러왔다.
내겐 정말 서프라이즈였다.

415
415
415
415
15
대학교 때 사고뭉치 5인조

그중에서도 내가 제일 사고뭉치였다.
나쁜 일이란 나쁜 일은 모두 내가 앞장섰다.
그런데 몇 년 후에 우리가 다시 만났을 때
내가 이런 모습일 줄은 정말 생각도 못했다.

식은땀
정맥염증
어지러움
구부러진
허리

아~~~

내 대머리보고
충격 받았지?
아니, 대학교 때도
누가 널 대머리로
만들었는데……

대학교 때 어느 날 배드민턴 치다 발목을 다쳤다.
화가 나서(?) 머리를 깎고 말았다(머리가 무슨 죄라고…).

시작해!!
깎는다!!
후회하기 없기다!!!
재봉가위

그런데 막상 두두가 재봉가위로
내 머리카락을 슥슥 베기 시작하자 갑자기 후회가 들었다!

잠깐만!!!
안 깎을래!!
맘에 안 들어!
뭣?!

하지만 이미 늦었다…

젠장!!

니가
후회할 줄 알고
일부러 미리
손썼지…!

나는 정말
천재 이발사야!!
WTF!
기억 안 나…
기억 안 난다고
발뺌하는 거
아니지?
하하!
넌 대학교 때부터
그렇게 멍청했니…

두두와 과과는 이틀이나 내 말동무를 해줬다.
난 비록 침대에서 내려와 함께 놀지는 못했지만
아주 즐거웠다.

우리는 함께 잊을 수 없는 대학 시절을 돌이켜보았다.

그때 네가
왕샌님한테
고백하는 걸
도와주려고 내가
머리 많이
굴렸지~~!!

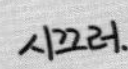
시끄러.

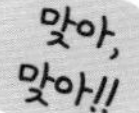
맞아,
맞아!!

계집애들은 또 나한테
자식 자랑까지 늘어놓았다.

어머! 애들이
이렇게 컸어…?
부럽다~~
부러워~~!

누가 뭐래니?
뉘예뉘예~ 알았다니까요!!
병이 다 나으면
시집갈게요!

친구들끼리 한자리에 모이는 건 참 즐거운 일이다.
하지만 우리는 다들 너무 멀리 떨어져 있는 데다
평소에 모두 자기 일에 바쁘다보니 함께 모이기가 너무 힘들었다.
내가 아픈 바람에 우리한테도 이런 기회가 온 것이다.

이건 정말 전화위복이라 해야겠다~!

며칠 지나 몸이 원기를 회복했다.

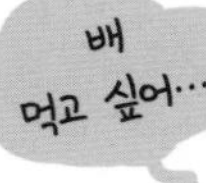
배
먹고 싶어…

엄마!
나 저녁에 홍샤오로우
먹고 싶어!!

헛!
하!
헛!

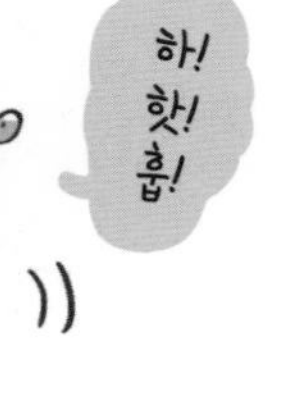
하!
핫!
훕!

휴식을 취해야지~!!

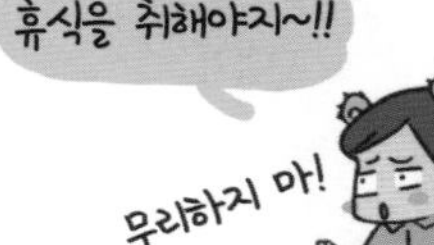
무리하지 마!

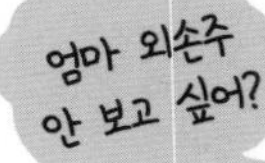
엄마 외손주
안 보고 싶어?

빨리 살 빼야지.
쉴 틈이 어딨어…

……

담당 의사의 허락을 받고
심지어는 외출도 가능했다!

꺄하~

굽이 너무 높잖아!!
신지 마!!
넘어지면 어떡해!!!

높은 구두를 신으려면
품위가 갖춰져야지!!
그리고 몸이 아직도 이렇게
허약한데 높은 구두를
감당하겠니~!!
신지 마!

내가 아픈 동안 아이미는
나를 지극정성으로 보살펴줬고 언제나 내 곁을 지켜주느라
자신의 시간이 거의 없었다.

오밤중에 이런 건
뭐 하러 보냈대?
웅이야!!
난 언제나 네 곁에
있어줄 거야!!!

매일 한 시간씩
차 타고 나보러 오느라
네가 고생이 많다
......
아니야!
고생은 무슨...

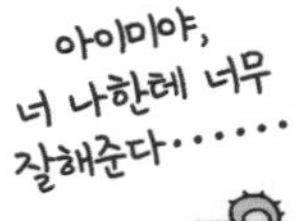
아이미야,
너 나한테 너무
잘해준다......

잘해주긴~~

너 혹시
나 사랑하냐?
미안하지만 난
남자가 좋다!
꺼져!!

이렇게 착하고 입도 헤프지 않은 애는
요즘 세상에 참 찾아보기 드물다.
그래서 많은 사람들이 아이미한테 소개팅을 해주려고 했다.

소개팅 해!
소개팅 할래?
소개팅...

난 아이미보다
나이도 많은데 왜 나한테는
소개 안 시켜줘!!!

넌 그 지경이 되서도
얌전하지 못하니?

암튼 아이미가 소개팅을 나갔다.

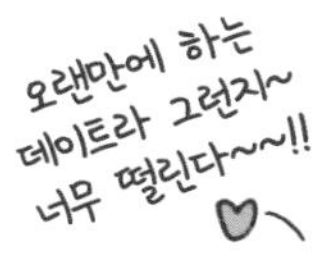
오랜만에 하는
데이트라 그런지~
너무 떨린다~~!!

너 이에
부추 꼈어~~!!

어디!!

놀라는 것
좀 봐~~!!
깔깔~~!!

소개팅 날 나도 굳이 따라나섰다.
사람이 어떤지 봐주겠다는 핑계를 대고.

나도 갈래!!
가만히 숨어서 볼게!!
지금은 백혈구 수치가
높아서 나가도 돼.

니가 거긴 왜!!
안 돼!!!

나도 갈래!!
나도 갈꼬야!!
나도 가야 돼!!!

그래!!
좋아!!!

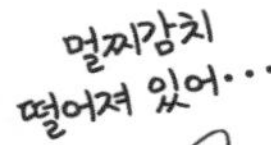
멀찌감치
떨어져 있어···

걱정 마~~!!

소개팅 남이 왔다.
두 사람은 커피를 마시며 얘기를 나누기 시작했는데
아주 잘돼 가는 분위기였다.

매번 아이미가 나를 한 번씩 쳐다볼 때마다
난 온갖 엽기적인 표정을 지어보였다…

푸!!!
휙—

결국, 그 소개팅은 실패하고 말았다.

그 녀석이
네가 좀
이상해 보인다는데.
어떻게 된 거야~~?

내가 일부러 훼방놓은 걸 나도 인정한다.
지금 아이미가 연애를 시작하면
나를 보러올 시간이 적어질 거라 생각하니 조금 두렵기도 했다.

너 혹시
나 좋아하니!!
너 레즈야?!

맘대로
생각해!!!

병원에 있는 게 정말 너무 심심했다.
매일 아이미가 날 보러 와주기만 고이 기다렸다.

휴~

아이미가 와서 나랑 수다도 떨고 해야
병원에 있는 시간이 그렇게 힘들게 느껴지지 않으니까.

오늘 우리 회사에
그 얄미운 XXX가
또 XX도 하고
YY도 했어……
아오~
그걸 그냥
콱 그냥!

가여운 아이미, 내 사랑 아이미,
어쩔 수 없이 나랑 닭살 돋는 레즈 하자~!

2010년 베이징에 막 왔을 때,
겨울을 나기 위해 난 먹는 걸로 에너지를 보충해서
추위를 막으려고 생각했다…

많이 먹어줘야
몸이 따뜻한 거야!!

그러다 어느 날 페이랑 같이 옷을 사러 갔는데
옷 매장에서 내 인생의 최대 굴욕을 맞이했다…

페이
조심해!!
옷 터지지
않게!!!

마침내 지퍼를 끝까지 올릴 수 있는 옷을 한 벌 골랐다.
얼른 사서 집으로 돌아왔다.

됐다!
그냥 입은 채로
가자! 벗을 때
지퍼 고장 날까봐
무섭다야……!!
라벨은
뜯어야 할 거
아냐!!
G

집으로 돌아오는 길에 큰 결심을 내렸다.
그리고 다이어트맨이 다시 이 세상에 나타났다!

전투복을 다시
꺼내 입어야겠다!!
나야말로 만천하에
명성이 자자한
다이어트맨이다!!!!
다이어트

이번엔 커피 다이어트를 시도했다.
카페인이 허기를 이겨내는 데 효과가 좋다고 한다.

음~ 너무 맛있어!!
정말 안 먹을꼬야?
COFFE
아… 안 먹어…
난 커피 마시면 돼…

그리고 헬스클럽을 일주일에 네 번씩 다녔다.

헉
헉
헉
헉
헉

그리고 날마다 죽어라 잔업을 했다……

빌어먹을
고객님……
인간쓰레기…
개진상…

이렇게 겨우 **킬로를 줄였는데
그 성과를 누리기도 전에 병원에 입원하고 말았다.
(이게 후에 내가 병이 재발하게 된 원인 중 하나일 수도 있다!)

입원해 있는 동안 난 몸무게 재는 걸 제일 싫어했다.
심리적 충격이 너무 클까봐서.
하지만 매번 항암화학요법에 투입할 시제량을 체크하려면
반드시 체중을 확인해야 했다. 정말 울며 겨자 먹기였다!

솔직히 얘기해요!!!
조금이라도 양이
적어지면 효과가
하나도 없어~~!!!!
5555555

매번 저울 위에 올라설 때면
항상 다리가 부들부들 떨렸다……

부들
부들

!!!!
헐?!

옷도
벗고!!

가발도
벗고!!!

쉬!!
쉬!!
쉬!!
W.C
응!!!
응!!!
응!!!

젠장
이젠 정말
실중량이다!!!

이게 바로…
내 운명이란 말인가……?
사실 넌
'천비성(天肥星:
하늘의 뚱보신선)'의
화신이야!!
저리 가,
저리 가!!!
안 들을래!!
그럴 리 없어!!

병원에서 돌아와 보니 전에
내가 입던 섹시한 팬티가 하나도 몸에 맞지 않았다.

무슨 팬티가
이렇게 작아!!
조여서 아플 텐데?
하나도
안 조여!!
내 아가들!
사랑한다!!
내가 다시 입을
그날까지 기다려줘!!
당장 팬티
치우지 못해!!!

암튼 그래서 당분간은 여성미라고는
눈꼽만큼도 찾아볼 수 없는 아줌마 팬티를
입고 있어야 했다. 쑥!!

너무 보기 싫다!!!

옷도 완전 널널한 운동복만 입어야 했고
치마 같은 건 그 근처에도 못 갔다……

허리끈은 왜 이렇게 축 내리고 있어?! 소시지 두 개 걸어놓은 것처럼!!
허리끈 매는 거 제일 싫어!!!

나처럼 이렇게 게으른 사람은 보통 허리끈을
나비 모양으로 대충 매길 좋아한다.

느슨히
헙!!!!

근데
조금만 힘을 주면-

저절로 옭매듭이 되버리는 거다.

소변이 급할 때 허리끈이 안 풀리면
오 마이 갓~!

급해 죽겠는데!!!
왜 급할수록 더
안 풀리는 거야!!!!!

역시 고무줄이
제일 편하다!!

근데 고무줄에 조인 허리 부분에
벌겋게 자국이 생기면서 땀만 나면 간지러웠다…

긁적
긁적

뚱보로 산다는 건 참 힘든 일이다……

사실 내가 병에 걸려서부터 점점 몸이 불어나기 시작했다.
하지만 주위 사람들은 내가 그것 때문에 스트레스 받을까봐
매일 나한테 착한 거짓말을 했다.

……
건강해 보이는데 뭐~!!
난 이런 네가
너무 귀여운 거
있지!!!

이렇게 뚱뚱해졌는데!
뭐가 귀엽다는 거야!!

넌 역시
나쁜 친구야.
내가 살이 더 많이
쪘으면 좋겠지!!
정말 간사하다!!!
흥!!

……

너랑
안 놀꼬야!!!

부들
부들
참자…
때리면 안 돼……
저 계집애는 지금
환자야……

그러던… 아이미가
어느 날부터는 더 이상 못 봐주겠는지…

……
너… 너…
비계 더미에 덮여서
어딨는지도
못 찾겠다!!!

간호사 언니도 한마디했다……

너 이 코끼리 다리 같은
팔뚝 좀 봐라.
침 꽂을 때 내가 얼마나
애먹는 줄 아니.

게다가 엄마까지 봐주지 않기 시작했다……

그만 먹어!!
어지간히 배부르면 됐어!!!
……

그때야 비로소 느꼈다.
역시나 다이어트맨이 다시 세상 밖으로
나와야 한다는 것을……

또 한 차례의
전투를 치러야
할 것 같군…!!
이 전투복은
맨날 들어갔다
나왔다 하냐…

환자한테 있어 절대적인 음식 통제는 불가능했다.

국이 뜨끈할 때 얼른 마셔!!

나 다이어트할 거라니까?!!!

할 수 없이 식사량을 원래의 절반으로 줄였다……

대
소

다이어트 장비를 모두 갖춘 후
달리기 운동을 통해 다이어트하려 했다.

이건 마스크
Bear
후훗!! 모두 비켜섯!!
RUN
달리기 앱 APP
우째 차림새가 꼭 변태처럼 보이냐!!!

헉
헉
헉

느린 속도로 달리고 있으면
항상 뒤에 오던 소가 날 따라잡았다!

그게 무슨 달리기냐……
젠장…

이 빌어먹을 마스크는 왜 이렇게 쪼이는 거야.
얼굴이 너무 아프다.

이… 이런…
과감히
버리자!

두 번째 치료가 끝난 지 얼마 안 돼서
내 무릎이 체중을 감당하기 어려워했다.

뚱보
아야!
아프다!!

나도
아퍼!!
나 아퍼.

할 수 없이 우리 아빠가 평소에 하던
빨리 걷기 운동으로 바꿨다.

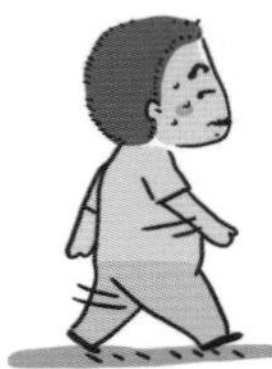

390.3칼로리
평균속도
4.20킬로/시간

달리기 시속 3.9
빨리 걷기 시속 4.2
걷는 게 왜
뛰는 거보다 더
빠르지!!!
그럴 리가!!

그 외에 나한테는 지금까지 고이 간직해온
소원이 하나 있었다. 그건 바로.

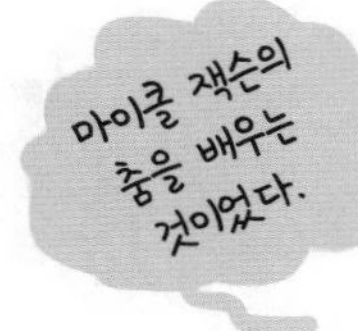
마이클 잭슨의
춤을 배우는
것이었다.

웅아!! 난 네가
그림만 잘 그리는 줄
알았는데 춤도
출줄 아는구나!!
마이클,
이게 다 당신을
사랑해서라구요!!!

나도 사랑해!!

호호호호호호

현실은

하!!
배꼽
나왔다…
팔딱!!
아야!!
비틀!!
허허허허
앞으로 어디 가서
내 팬이란 말을
입 밖에 꺼내지도
말아라……

그런데 이렇게 한 달이나 했는데
체중이 하나도 줄지 않았다는 거다!!!

이 저울이 자꾸 말썽이야!!!!
고장 난 게 틀림없어!!!!

어느 날 우연히
못 본 지 아주 오래된 친구를 만나게 되었다…

너 왜 이렇게
많이 변했니!!!!

호르몬 때문에…

이전

호르몬 때문에
오른 살을 다시 뺀다는 건
하늘의 별따기야.
나를 봐라. 2년이나
지났는데도 하나도
안 줄었는걸…!!

절대! 네버!
불가능해!!!
차라리 포기하고
말아라!!!
나… 난 그래도
반년에 **킬로
줄일려구
생각했는데…

Bear

뚱보, 이건 내가 회복기에서 부딪친 제일 큰 난관이었다.
아무리 노력해도 효과가 없을 수도 있다는 걸 알아버린 후로는
나도 모를 슬픔에 빠져버렸다.

난 그래도 병이 다 나으면 해변에 가서 셀카도 많이 찍으려고 생각했는데!!

지금은 45도 셀카 비법도 전혀 먹히지 않는다··· 크흑···

하지만 난 타협하고 싶지 않았다……

이 옷들은 이젠 작아져서 못 입어! 새로 다시 사자···
절대 안 사!!

엑스엑스엑스라지
사이즈를
산다는 건…
내가 '천비성(天肥星:
하늘의 뚱보신선)'이란
운명에 굴복하는 게
될 테니까…!!

살이 찌는 것이 최대 고민이었던 난
문뜩 심리학에서 흔히 말하는
'슬픔에 관한 다섯 단계'가 떠올랐다.

1. 부정

아냐! 그럴 리 없어!
이 사람은 절대
내가 아니야!!!!

2. 분노

다 당신들 때문이야!!!
안 먹는다는데 억지로
먹였어!!!

3. 타협

이건 진짜
군살이 아니야.
호르몬 때문이야…
또 환각일 수도 있어.
병에 걸렸다든가,
지금의 살이 찐 모습 모두
악몽일 뿐이야……

4. 우울

뚱…보… 이러느니
차라리 죽고 말자…
이 꼴을 해가지고 어떻게
밖으로 나가냐구…

5. 수용

그래, 뚱뚱한 걸
어떡하라구.
그래도 옷은
입어야 할 거
아냐…?

암튼 이렇게 많은 군살들이 한꺼번에 없어지는 것도 아니고
당분간은 지금 그대로 받아들이자…

군살이여,
군살~~
배로는 적게 가고
가슴으로 많이
가라~~~!!
쑤욱
쑤욱
스읍~!
이렇게 하니
나도 라인이 있네
후~~
근데 오래는
못 버티겠다
……

멀리 미국에 있는 페이는 이렇게 나를 응원해줬다.

미국에 와라!!
미국에 오면 너 같은 건
아예 뚱보 축에도
못 껴!!
WTF!
말이야
쉽지~~!!

통계에 따르면 미국인의 70%는 정상 무게를 초과하거나
비만이라고 한다. 그래서 난 미국 사람들은 뚱보에 대해서도
아주 너그러운 태도를 가지고 있다고 생각한다.
미국 드라마를 보면 예쁜 뚱보 역할도 엄청 많으니까.

criminal
minds

정보 담당 요원 Garcia
(Morgan과 함께해요!)
*Criminal Minds: 미국 범죄 드라마

운명의 장난으로
뚱보의 몸을 가지게 된
미녀 제인
*Drop Dead Diva: 미국 법정 드라마

뚱보와의
사랑에 빠진 몰리
*MIKE&MOLLY: 미국 시트콤

그리고 영국에도 뛰어난 가창력으로
아주 높은 인기를 누렸던 뚱보 가수가 있었다.

Rolling the Deep~

이 여인들은 그들의 몸에 있는 군살을 대중들이 잊고
그들의 아름다운 영혼에 흠뻑 빠지도록 했다~!

나도 내적인 아름다움으로 성공할 거야!!
열등감
힘
내
그래!!!

오늘 뚱보는 영원한 뚱보가 아니다!
설사 뚱보라고 해도 아름다운 뚱보가 될 것이다!!!!!

그리하여……

뭘 이렇게 많이 샀어!!!!!
저 망할 놈의 가시내!!!
너무 오래 쇼핑을 못 했어.
한 번 사기 시작하니
멈출 수가 없는 걸 어떡해.
게다가 인터넷 쇼핑까지
하다 보니……

아름다운 뚱보가 되는 것도
대가를 치러야 하는 것이구나~!

다이어트에 대해 잡담을 많이 늘어놨지만
실은 아름다움을 얻기 위한 많은 감수를
여러분과 나누고 싶었습니다~!

마지막으로 말하고 싶은 건
다이어트를 평생의 사업으로 간주하는 여인들이여,
우리 모두 다 같이 아름다움을 위한
이 다이어트의 길에서 맘껏 달려봅시다!

파이팅!

병원에서 하루 종일 우두커니 앉아 있자니
정말로 너무 심심했다……

심심해
심심해

게다가 병원에는 잘생긴 남자도
별로 눈에 안 띄였다……

환자 어린이
아줌마
아저씨
우울한 환자 가족

그래서 일단 잘생긴 남자가 보이기만 하면……

어서 일으켜줘 ……
뭐 하려구 ……?

군인병실
헤헤……
너 정말 대단하다 ……

내가 하도 심심해하니까
친구들이 해결책을 제시해주었다.

너 그렇게
심심하면
병원에서
겪은 일들을
만화로 그려봐!!

참 나!!
오랜만에 쉬는데
나더러
또 일하라구!!!

제목까지 내가
다 생각해뒀어!!
병원에서 잘생긴
남자를 찾아 헤매던
나날들…
촌스러!!!
너무 길어!!!

병마와의
전투!!
어때!!
괜찮지!!

촌스러!!
무슨 보고서
쓰냐…

내가
딱 맞는
제목 하나
생각해냈어!!
대박
화끈한 걸로!!

야근병동!!
너무 잘 어울리지!!!

*작가는 정말로 야근병동이라고 썼다.

꺼져!! 이 변태 인간아!!
아 왜!

그럼 이렇게 하자…

제목은…

꺼져줄래 종양군!

이렇게 흥분한 마음으로
그림을 그리기 시작했다…

병마에
시달리면서도
그림을
그리다니…
네가 이렇게
정신력이 강한
애인줄은 몰랐어.
정말 대단해!!!
와락

이렇게 열심히 며칠 동안
그리고 또 그렸다…

쓱쓱
쓱쓱
쓱쓱
쓱쓱

하지만 나의 게으름은
암보다도 더 완고했다……

에고고~~ 힘들다. 힘들어.
나중에 다시 그리자…
이게 다 뭐야~~
뭐가 뭔지도
잘 모르겠잖아
~~!!

나는 마침내 엄마랑 둘이서 설 쇠러
고향으로 내려갔다.
집에서 편히 휴식할 겸~

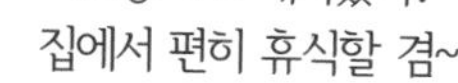

……

집에 간다.
집에 간다~~!
집에 돌아갈 생각에 신이 난 엄마

그런데 고향은 베이징보다도 더 추웠다.
나는 감기에 걸리면 큰일이기에……
결국 설 쇠는 동안 쭉 집에만 갇혀 있었다.

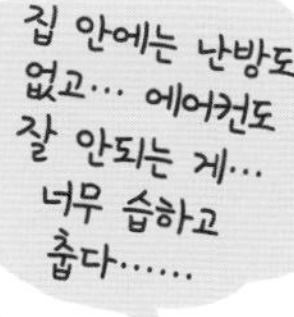
집 안에는 난방도 없고… 에어컨도 잘 안되는 게… 너무 습하고 춥다……

게다가 하루 종일 비만 내리고!!!
바깥출입도 못하잖아!!! 아아아아!!!

55555
완전히 새장에 갇힌 새 신세가 되버렸다~!!!

그래도 새해는 좋다.
새해에 제일 기쁜 일은…

세뱃돈
세뱃돈

친척들은 줄지어 투표라도 하듯이
나한테 세뱃돈을 건네주었다.
내가 이제 곧 서른이 다 돼가는 어른이건만…

새해 축하한다!!
하루 빨리 나아라~~!!!

난 더없이 따스함을 느꼈다….

흐흐
이 돈으로 사고 싶은 게 하나 있지.
4S ……♡

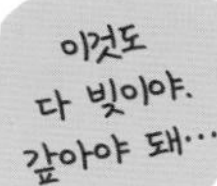
이것도
다 빚이야.
갚아야 돼…

아!!!
몰수!
몰수!

비록 외출은 못해도 세뱃돈을 받으니
기분이 너무 좋아서 창작 의욕이 다시 생겼다.

쓱
쓱
쓱

그리고 좋은 날을 골라 *텐야에 올렸다.

*중국 커뮤니티 사이트

2012년 2월 2일

이날이…
너한테 딱
맞겠다……
2가 두 개여서
더욱 좋아!!

추천 꾸욱~~!!
즐겨찾기 꾸욱~~!!

오오오오오오!
너무 집착하면
병에 안 좋아.
자기야!!!

얼마 안 돼 난 텐야 편집자의 추천으로
톱기사에 올랐다!!

아! 내가 텐야 톱기사에 올랐어!!!
언빌리버블
소원성취
했네!!

또 *시나웨이보의 화제 인물로 인터뷰까지 했다.

*중국 인터넷 포털사이트 시나닷컴이 제공하는
마이크로 블로그 서비스

대박!!

그리고 또 *웨이만화와 파트너 관계를 맺었다.

*시나웨이보의 웹툰 플랫폼

잘
부탁드립니다!
잘
부탁드립니다!

아이미는 또 *데모아워에서 활동을 하여
네티즌의 무수히 많은 지지를 얻었고,
예매 수량은 대뜸 30만 위안을 초과했다!

*중국의 크라우드펀딩 사이트

데모아워

¥300000

여러분의 관심과 사랑이 전국, 심지어는 외국에서도 쏟아졌다.
난 자그마한 병상에서 이 세상이 보내주는 보다 많은 따뜻함을 느꼈으며
원기를 회복할 수 있는 크나큰 힘을 얻게 되었다.

웨이만화
시나닷컴
미국
텐야
홍콩
데모아워
대만
고향

이제 와서 돌이켜보면
2010년 7월 난 마이클 잭슨을 위해 베이징에 왔고…

M
J

또 마이클 잭슨 때문에
이렇게 많은 친한 친구들을 사귀게 되었다.

Jasmine
VV
아이미
정선배
FiFi.Q
적이

내가 아파서 병원에 입원한 후
상하이의 절친들도 자주 베이징으로 병문안을 오곤 했다.
시간은 여전히 가고 있고 거리도 변하고 있지만
우정은 조금도 퇴색하지 않았다…

상해친구
장미 Anita
FanFan
Yanitta

병에 걸린 건 좋은 일이 아니지만,
난 이 병 때문에 헤아릴 수도 없이 귀중한 것들을 얻게 되었고
많은 사람들이 겪어보지 못한 뜻깊은 경험을 했다.

여러분이 저로 인해
즐겁게 웃으셨다면
그게 바로 제게는
제일 큰 힘이랍니다!

후기 1

촉망 받던 작가 슝둔

2012년 11월 16일
햇빛 가득한 세상과 사랑하는 부모님 곁을 떠나다.

▲ 병에 걸리기 전 슝둔

슝둔, 1982년생.
이 소녀가 이 세상을 떠나지 않았다면,
지금쯤 통통계에서 가장 아름다운
미녀 작가가 되었을 것이다….

2011년 8월 21일 이른 아침.
침대에서 일어나 방문을 걸어 나가려는 순간
쿵하고 문가에 쓰러졌다.
입에는 거품을 물고 온몸에 경련을 일으키다가
결국 완전히 기절하고 말았다.
그것도 벌거벗은 채 말이다.

A. A

여기까지 <꺼져줄래 종양군!>의 프롤로그다.
그녀가 처음으로 '종양군'과 만났을 때의 이야기이다.

낙천적인 소녀는 암과의 사투를 시작했다.
발병 5개월 후부터 슝둔은 병상에서
암과 싸우는 생활을 그림으로 그리기 시작했다.
유머와 아름다운 사랑, 우정이 충만한 병원 생활을 기록했다.

너...너희 어떻게 알고 온거야?!
색연필도 가져왔어. 심심하면 너 좋아하는 그림 그리라고~!
흥! 난 놀러온게 아니라고!
하지만 탐난다...

그녀는 병에 걸려 고통스러운 와중에도
다이어트를 하고 외모 가꾸는 걸 좋아하던 소녀였고,

병원에서 렌즈는 왜 끼고 지롤이야...
헤헤헤헤…
……

"병이 나으면 좋은 남자 만나서 아이를 낳는"
소원을 품고 있던 사랑하고 싶은 여자였다.

저기요.
궁금한 게
있는데…
핫♥
쪽!!
쪽!!
쪽!!

슝둔은 모든 것이 잘될 것 같았다.
아직 이루고 싶은 꿈이 많았기 때문이다…

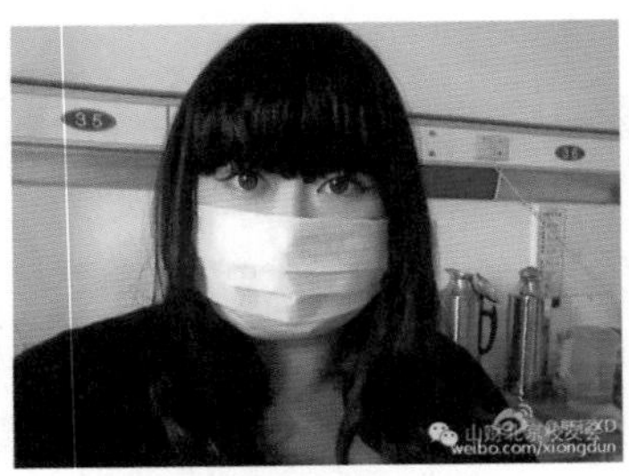
weibo.com/xiongdun

▲ 사진과 함께 올라온 문구
"하나도 환자 같지 않죠?"

그림 외에도,
슝둔은 입원해 있는 동안의 나날을 웨이보에 기록했다.

熊顿XD
12-10-11 来自 iPhone客户端

住在三人病房，有病友儿子来探视，为了保持女子的矜持非常偷偷的放屁，但！！！真想装消音器啊！

"3인실에 입원했는데 하루는 병우의 아들이 병문안 왔다.
여자의 체면을 지키려고 아무도 모르게 방귀를 뀌고 싶었지만!!!
소음기를 달고 싶었다."

熊顿XD
12-8-19 23:43 来自 iPhone客户端

老正说：给你物色了一个老公，明年回国，你治好病，减完肥，他就回来了，时机是如此的正好，命中是那么的注定！赶紧努力痊愈吧！！—于是睡不着了，我觉得我已经爱上他了！连见都没见过不知长毛样的老公啊！要等我呦！

"정 선배가: 널 위해서 남편감 하나 물색해놨어,
내년에 귀국한대. 너 병 다 낫고 살도 다 빼면 돌아와.
기가 막힌 타이밍이지! 운명이야! 빨리 나아!! —
그 말을 듣고 나니 잠이 안 온다. 이미 사랑에 빠진 것 같다!
아직 본 적도 없는 남편아! 기다려줘!"

熊顿XD
12-6-14 16:16 来自 iPhone客户端

橙汁

매일 먹어야 하는 약,
맞아야 하는 링거를 이렇게 표현한다.
"오렌지주스"

후기
2

2012년 5월 24일,
슝둔의 병이 다시 재발했다…

한 번 겪었던 일을 다시 한 번 겪는 것일 뿐이라고
그녀는 오히려 주변 사람들을 위로했다.

HAPPY Birthday
@熊顿XD
weibo.com/xiongdun

11월 4일, 슝둔은
<A date with Luyu> 프로그램의 인터뷰 요청을 받아들였다.

그날 그녀는 예쁘게 화장을 하고
가발을 쓰지 않은 채 녹화에 참여하였다.
MC Luyu도 "작가님을 보면 환자라는 사실을 잊게 된다"고 감탄했고
슝둔도 "저도 그래요"라고 웃으면서 답했다.

@熊顿XD
weibo.com/xiongdun

▲ 녹화 당일 사진

이 프로그램을 녹화하고 12일째 되는 날,
슝둔은 2012년 11월 16일 17시 25분에 우리 곁을 떠났다.
방송이 채 나가기도 전에…

항상 밝고 긍정적인 슝둔은
이 작품과 함께 많은 사람들에게 힘이 됐고
많은 응원 메시지도 이어졌다.

●

"저는 제가 비참하다고 생각했어요. 하지만 작가님의 이야기를 보고 나서
이건 아무것도 아니란 걸 깨달았어요."

●

"저도 올해 병에 걸렸는데
질질 끌다 반년이 지나도 완치하지 못했어요.
고통스럽지만 계속 힘을 낼 수 있는 용기를 주셨어요,
감사드립니다."

●

"만약 모든 사람이 운명으로부터 받은 사명을 짊어지고 간다면,
슝둔의 사명은 우리에게 웃음과 눈물 속에서 생명의 완강함과 무력감,
그리고 그 위대함을 보게 하는 것이 아닐까.

만약 별에게도 짊어진 운명이 있다면,
그 불이 꺼지기 전에 폭발하여
사람들의 약하고 작은 마음을 꿰뚫어 생명의 우렁찬 소리를
들을 수 있게 하는 것이 아닐까."

많은 작가들의 응원 메시지도 이어졌다.

请前辈赐席!!

선배님께
가르침을 청합니다!!

淫荡の一天
又开始喽!

음탕한 하루가 또 시작되지롱!

正能量

긍정 에너지

头尽量抬高!!
撅高点!

治疗打嗝祖传秘方

고개를 최대한 들고
더 높이 올려야 해!
대대로 전해지는 딸꾹질 특효 처방

You'll find that life is still worthwhile
If you just smile ...

SOS!
屁股痛!

SOS!
엉덩이 아포!

中秋节快乐!

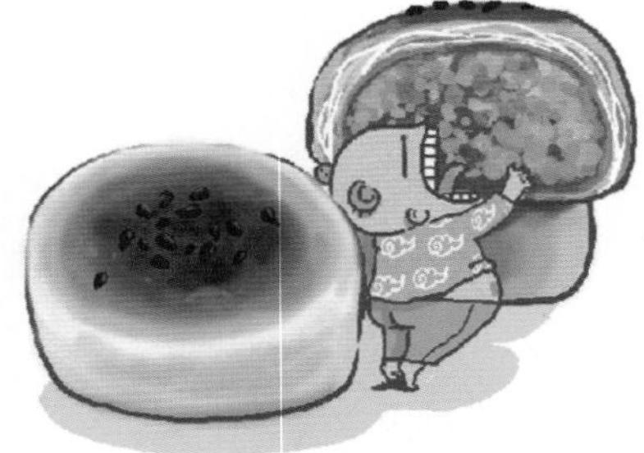

풍성한 한가위되세요!

Oh~
yeah~
再大力点

오~예 더 세게 해줘
크허허허허

深夜不睡，谋何大事?

뭔 대단한 일을 한다고
날밤을 새냐?

这就是饿の炼狱啊!!

이게 바로 전병지옥이라네!!
우걱우걱

作为病人.刚-到家
就被素威军团围观…
唉….

콜록콜록

아픈 사람이 집에 돌아오면
군대에 포위된 것처럼
사람들에게 둘러싸여
구경거리가 되는가 보다….

香烟
瓜子
矿泉水
天涯春晚流窜贩

담배, 땅콩, 생수 팔아요
설 특집방송 행상
@슝둔

@熊顿

후기 4

슝둔은 <꺼져줄래 종양군!>을
한 권 더 그리고 싶어 했지만 결국 그녀의 이야기는
여기서 너무나도 짧게 끝이 났다.

2015년 8월 13일 슝둔의 실화를 바탕으로 한
<꺼져줄래 종양군!>이란 영화가 개봉됐고,
중국 박스오피스 1위를 기록했다.

〈이별계약〉의 바이바이허 주연
꺼져버려종양군
Go away Mr.tumor
유명웹툰작가 '슝둔'의 감동실화
중국박스오피스 1위
오늘이 마지막일지라도...
내 인생의 엔딩은 내가!
5월 12일,
그녀의 마지막 순간을 함께하라!

그리고 연극으로도 제작돼
많은 사랑을 받고 있다.

用微笑为你赶走阴霾
舞台剧
滚蛋吧!肿瘤君
GETAWAY MR TUMOR
11月25日至26日
show.weipiao.com www.shijihuapeng.com
4001-100-100 / 010-57094228
680/480/380/280/180
北京
解放军歌剧院
北京世纪华鹏文化传媒有限公司

“사랑하는 것과 사랑받는 것은
이 세상에서 가장 중요한 일이다.”

- 영화 <꺼져줄래 종양군!> 中-

슝둔의 작은 세상

(슝둔의 자필 원고와 지인들의 추모를 담은 글)

우리가 사랑하는 슝둔은 2012년 11월 16일에,
그녀가 그토록 사랑했던 이 세상을 떠났다.

수많은 네티즌에게 감사한다.
슝둔이 미소로 종양 앞에 맞설 수 있도록 용기를 주었고
오랫동안 버틸 수 있도록 격려해주었다.

아울러 우리에게도
무한한 긍정 에너지와 희망을 주었다.
천국에서 그녀가 편안하길 바란다.

A PLACE WITH NO NAME

GOC
Where is
BEN?
能頓

P·Y·T
YUMMY!
HI~
WITH

My Dear……
Dear

猫语乌镇

烏鎮郵局

猫语乌镇

我对
衣服的
各种爱
作为MJ的骨灰级粉丝，怎么可能不爱军装呢？买不起Balmain，画一件也是好的。不过Balmain设计太多都太霹雳，我的话就想搭件小纱裙，气氛忽然就柔和起来了。铅笔裤加短靴也OK啦~！

: : 패션에 대한 나의 사랑

마이클 잭슨의 골수팬으로 어떻게 밀리터리룩을 사랑하지 않을 수 있겠어? 비싸서 못 사는 발망(Balmain)은 그림으로 그려도 예쁘구나. 내 생각엔 웨딩드레스에도 잘 어울려 기분이 갑자기 좋아지는걸. 스키니진에 단화를 신어도 오케이지!

我对衣服的各种爱
MJ
MJ
今年大爱驼色大衣+咖啡格纹，原来看到的图鉴上还有礼帽啦，但是搭起来会有点像女间谍。别上我爱的MJ胸针。整个气氛忽然就Q起来了。总之，现在的我穿也穿不下，买也买不起，只好画一张聊以自慰……唉！

: : 패션에 대한 나의 사랑

올해 크게 사랑받았던 베이지색 트렌치코트에 체크무늬를 더했다. 원래 페도라를 쓴 사진을 보고 그린 건데 느낌이 약간 미녀 스파이 같았다. 내가 사랑하는 마이클 잭슨의 브로치를 달았더니 전체적인 분위기가 갑자기 큐티해졌네. 결론적으로 지금 나는 줘도 못 입고, 살 돈도 없다는 거. 그림으로나 그려서 위안으로 삼는 거다.

一家人一起做
家务最快樂
啦 …^ᵕ^
今天不从懒.
做个小家务吧!
I ♥ DADDY

::

온 가족이 함께 집안일을 하는 게 가장 즐거운 거지….^^
오늘은 게으름 피우지 말고 집안일하자!

我想你啦!!!

喝完一锅热FUFU
的疙瘩汤，浑身都
发光了……
#胖仔の哀歌#

: :

좌: 보구팡!!!

우: 뜨거운 국물을 후루룩 마시니 온몸에 빛이 나는구만…

#뚱뚱보의 슬픈 노래#

: : 슝둔의 작은 세계

P. Y. T Pretty Young Thing.

마이클 잭슨이 상상 속의 연인을 위해 만든 싱글 곡으로, '예쁜 소녀'라는 뜻이다. 슝둔의 입장에서 예쁜 소녀는 바로 자기 자신이다. 마이클 잭슨의 팬인 그녀는 당연히 이렇게 생각할 것이다. 비록 이런 환상은 그녀의 작은 세계에서 마치 한 편의 동화처럼 존재한다.

맞다. 슝둔은 이처럼 자기만의 세계를 갖고 있다. 이 작은 왕국에서 마이클 잭슨은 그녀의 왕자고, 그녀는 왕자의 'Pretty Young Thing'이다. 슝둔이 마이클 잭슨을 기념하여 그린 그림을 보면 알 수 있다. 그림 속에서 슝둔이 주인공은 아니다. 마이클 잭슨 곁에서 'Pretty Young Thing'이 되어 다양한 모습으로 공존한다. 예를 들면 크고 높은 야자수, 오색찬란한 막대사탕, 거대한 아이스크림, 천사의 날개, 비행기를 조종하는 사람, 회전하는 선풍기, 꽃뱀…. 그 가운데 가장 재미있는 건 욕조에 앉아 있는 마이클 잭슨 곁에서 두 손에 수건을 들고 서 있는 토끼로 변한 모습이다. 분명 슝둔은 마이클 잭슨의 'Pretty Young Thing'

이 되고 싶었던 거다. 구체적인 이유는 알 수 없지만, 스스로 마이클 잭슨의 'Ben'이 되길 원했고 적어도 'Ben'과 같은 좋은 친구가 되길 바랐다.

숭둔은 생전에 우전(烏鎮)이란 도시를 다녀온 뒤 《고양이가 말해주는 우전》이라는 작품을 그렸다. 고양이는 영혼을 가진 동물로, 숭둔은 남달리 고양이를 사랑했다. 숭둔의 작품을 통해 독자들은 신비롭고 고요한 수향(水鄕) 마을의 정취를 느낄 수 있다. 조용한 도시 우전이 친근하게 느껴지는 이유는 바로 우체통 옆에 서 있는, 푸른 옷의 숭둔 때문이다. 그녀는 작품 속에서 꾸밈없이 표현한 곳에 자신의 흔적을 남겼다.

이런 작품을 통해 우리는 세상과 인생, 그리고 사랑과 아름다움에 대한 숭둔의 생각과 표현을 가늠해볼 수 있다. 그림을 통해 구현되는 직접적이고도 단순한 방식은 그녀가 남들에게 일관적으로 보여준 자신의 모습 가운데 하나다. 숭둔은 항상 세심했다. 호탕한 성격이건 세심한 성격이건 그녀가 보여준 모습은 모두 사랑에서 출발한다. 사랑의 정의와 의미에 대해 세상은 이미

많은 말로 설명해 놓았지만 숭둔의 사랑은 꾸밈없는, 가식적이지 않는 표현을 뜻한다. 《패션에 대한 나의 사랑》이란 작품에서는 패션에 대한 젊은 여성의 까다로움이 그대로 드러난다. 그리고 마지막에 이런 시니컬한 말을 더했다. “지금 나는 입으라 해도 못 입고 비싸서 사지도 못 하니 그림으로나 그릴 거야.” 삶이 아무리 아름다워도 우리는 또 꼭 예쁜 옷을 입어야 한다. 이게 바로 아름다운 삶에 대한 솔직한 표현이다. 또 다른 작품에서 우리는 숭둔의 사랑을 엿볼 수 있다. 제목이 없는 이 그림은 온 가족이 함께 집안일을 하고 있다. 자세히 살펴보면 아이 셋이 분주히 빨래를 널고 있고, 엄마는 아이들 뒤에서 손을 양 허리에 대고 서 있다. 널어진 빨래에는 'I Love Daddy'라는 글귀가 적혀 있다. 정말 귀엽고 사랑스러운 작품이다.

꿈이 실현되기도 전에 숭둔은 하늘나라로 갔다. 세상에 남겨진 친구들의 기억 속에서 숭둔은 자신의 모습을 담은 그림을 마지막으로 남겼다. 환하게 빛나는 세계 속에서 하얀 옷을 입은 아이가 눈처럼 새하얀 토끼를 끌어안은 모습이다. 그 눈빛은 세상에서 가장 맑아 보인다. 아무런 근심과 걱정이 없어 보이지만 그게 오히려 더 깊은 여운을 주었다. 어쩌면 숭둔은 그 눈빛에 모든 사랑을 담아 보여주고 싶었던 것이 아닐까. 즐거움이 필요한 사람에게 즐거움을 주고, 위로가 필요한 사람을 위로해주고, 사랑이 없는 사람에게 사랑을 주는 것처럼 말이다. 링거주사를 꽂은 채 미소를 지은 자화상처럼, 웃는 거다. 가슴이 찢어질 것 같아도 말이다(Smile even though it's breaking…).

사랑은 친구, 가족과 타인을 차별하지 않는다. 이곳과 저곳을 나누지 않고 현실과 꿈을, 인간 세상과 천당을 가르지도 않는다. 사랑은 그렇게 큰 의미다. 그렇기에 숭둔이 존재하는 세상 어디에나 사랑이 존재할 것이다. 사랑을 위해 숭둔은 크고 넓은 내면세계를 보여주었다. 처음 우리가 이야기했던 그림 속에서 그녀는 '이름 없는 곳'으로 불렸으니, 마이클 잭슨의 노래처럼 말이다. 이것이 바로 숭둔의 작은 세계다.

바로 이것, 아무런 이름이 없는 곳이다(This is it, A Place With No Name).

: : 야니타(Yanitta)

숑둔과 나, 그리고 뜬주는 집을 구하다 알게 되었다. 막 프랑스에서 상하이로 돌아온 나는 귀여운 두 사람을 만나고 곧 3초 만에 함께 살기로 결정했다. 임대인으로 좋은 인상을 남기고 싶어 연신 남쪽 사투리를 써가며 프랑스에서 막 돌아온 터라 친구가 없다고 떠들어댔다. 당시 나는 하루빨리 집을 구하고 싶었기 때문이다. 혼자 말을 다하고는 3천 위안(元)을 계약금으로 숑둔 손에 꼭 쥐어줬다. 그때부터 이 일은 숑둔과 뜬주의 입에 계속 오르며 내 망신거리가 되었다. 《방사심경》에서도 이런 내 모습이 묘사되어 있다.

숑둔이 그림을 그리기 시작한 초기, 뜬주와 나는 매번 우리도 그려달라고 졸랐다. 숑둔은 온라인에서는 대단한 만화가지만 오프라인에서는 우리와 다를 바 없었다. 만날 때마다 실없는 농담을 하고 재미있는 가십거리를 가장 먼저 듣고 싶어 하며, 부잣집 도련님에게 시집가 호화롭게 살고 싶어 하는 소녀였다. 지금도 여러 가지 사건사고를 보거나 가십거리가 생기면 나는 참지 못하고 숑둔에게 전화한다. 그러고는 갑자기 깨닫는다. 아! 이 전화를 받는 사람이 없지.

어쩌면 이것이 바로 그녀가 없는 동안에 내가 느낀 점일지 모르겠다. 숑둔은 정말 세상을 떠난 게 아니다. 그냥 우리의 전화를 받을 수 없고 우리의 메신저를 받지 못하는 것일 뿐.

——: : 아이미

승둔은 노트를 들고 다니며 글을 쓰고 그림을 그리길 좋아했다. 예쁜 노트가 많았고 예쁜 펜을 보면 곧장 사버렸다. 승둔이 그림을 그리는 모습을 처음 봤을 때 나는 무척 신기했다. 우리랑 이런저런 이야기를 나누면서 한편에서 노트에 그림을 그렸는데, 마치 아무 생각 없이 그리는 듯했다. 한창 이야기가 무르익을 무렵이면 한 폭의 그림이 완성되었다. 승둔은 유독 볼펜으로 그리는 걸 좋아했는데, 다 그리고 나면 조금도 고치지 않았다.

승둔은 재밌는 장난꾸러기였다. 우리가 처음 검은깨 죽을 먹으러 갔을 때의 일이다.

"우리 검은깨를 치아에 가득 붙이고 사진 찍어 보자. 예전에 내가 친구랑 이렇게 놀았는데 진짜 재밌었어!"

이렇게 우리는 죽을 한 대접 마시고 카메라를 보고 치아를 드러낸 채 환하게 웃었다. 결과는…. 여러분이 예상하는 대로다. 사진 속에 시꺼먼 치아는 나뿐이었다. 승둔은 새하얀 이를 드러내고 매력적인 미소를 지었으니, 나는 정말 우울할 뿐….

그녀의 베스트 프렌드이자 팬으로서, 내가 본 그녀의 재능은 다른 사람이 아는 것보다 더 다양하다. 그래서 종종 이른바 '승둔빠'와 같은 말투로 이야기하곤 했다.

"승둔아, 넌 만화가가 안 되면 훌륭한 쉐프가 될 거야!"

"만화가가 안 되면 멋진 배우가 될 거야!"

"만화가가 안 되면 넌 소설을 쓰면 돼!"

"네가 만화를 그리면서 편곡을 하면 얼마나 좋을까!"

그러나 승둔은 침착하게 고개를 끄덕였다.

"조금 오버지만 인정해줘서 고마워."

승둔은 상상력이 풍부했다. 자기 전 종종 내게 이야기를 들려줬는데 대부분이 우리의 아이돌 마이클 잭슨 스토리였다. 그녀의 이야기 속에서 마이클 잭슨은 영웅이 되었다가 또 어느 날은 돌연변이가 되었다. 또 어느 날은 좋아하는 사람을 이야기 속에 넣기도 했다. 마치 친한 친구들의 현실을 이야기하는 것처럼 재밌었다. 그런데 한창 흥미진진하게 듣고 있으면 승둔은 5초 정도 말이 없다가 빛의 속도로 잠에 빠지곤 했다. 매번 자기 전에 이야기를 하면 그녀는 항상 먼저 잠이 들었고 나 혼자 엎치락뒤치락하며 잠이 오기를 기다려야 했다. 그래. 지금도 마찬가지다.

사랑하는 승둔, 너를 생각하다 보니 비교할 수 없이 행복한 그 시절이 생각나. 난 알아. 너를 만난 건 내 인생에서 가장 좋은 일이란 걸 말야. 고마워, 베이비!

: : 뚠주(盹豬, 조는 돼지)

세월은 정말 무서울 정도로 빠르다. 벌써 일 년이 지났다. 영화를 보거나 놀다 보면 머릿속이 갑자기 쿵한다. 승둔에게 전화를

걸어 말하고 싶은 일이 많지만 결국, 아무도 그 전화는 받을 수 없기 때문에…. 그렇다. 숭둔은 내 마음속에서만 살아있다. 나는 개인적으로 그녀를 숭둔이라 부르는 게 어색하다. 2006년 우리는 상하이의 회사에서 만났는데, 우리는 흔히 영어이름을 사용했다. 숭둔을 만났을 때 그녀는 엘라, 난 팡팡이라 서로를 소개했고, 흔한 이름이라 부르다 보니 금방 입에 익었다. 숭둔이란 이름은 웹툰을 그리기 시작하면서 사용한 건데, 나도 장단을 맞춰 뚠주(조는 돼지)라는 별명을 지었다.

그녀와 함께 회사를 다녔을 때, 우리는 자주 그녀의 자리로 모였다. 우리는 함께 그녀의 신작을 감상하고 평가를 하며 다른 사람의 댓글을 읽었다. 단조로운 회사 생활에 즐거움이 아닐 수 없었다.

내 평생 숭둔처럼 호탕하고 단순하면서도 재주가 많은 여자는 만난 적이 없다. 우리는 함께 밥을 먹고 이야기를 나누면서 베스트 프렌드가 되었다. 셋이 살면서 쇼핑을 하고, 밥을 먹고, 영화를 보면서 즐거운 시간을 보냈다. 그러다 이따금 말다툼도 했다. 그녀는 엄청난 대식가이자 술고래였다. 표현하길 좋아했고 스토리의 신이었다. 갈비탕 배달의 달인이었고 밤새워 그림 그리는 화가였으며 스스로를 무적의 목소리라 불렀던 소녀였다.

그렇다. 이게 바로 숭둔이다. 좋아하는 사람이 있으면 엄청 좋아해서 아무 조건 없이 잘해줬다. 남자 같은 성격에 자잘한 일은 신경 쓰지 않았고 남들이 잘 이해하지 못하는 일도 그녀에겐 별일이 아니었다. 좋아하는 연극을 보고 난 뒤 너무 기쁜 나머지 가족들에게 그림을 그려 복을 빌어 주는, 슝둔은 이렇게 진실한 마음을 가진 여장부였다.

지금 생각해보면 그때 사진 찍는 걸 좋아했던 게 얼마나 다행스러운 일이었는지 모르겠다. 그녀와 찍은 사진 한 장 한 장이 지금 얼마나 소중한 기억들인가!

더 이상 그리워하지 않을 거다. 그렇게 많은 기억들, 웃음과 눈물 모두 내가 잘 간직할 거다.

그녀는 모두의 해피 바이러스 슝둔이자, 부모님의 착한 딸 샹야오며, 우리들의 친구 엘라다. 영원히 사랑한다.

: : V V

방금 전, 나는 다시 너의 QQ메신저를 켜놓고 대화창 앞에서 한참을 기다렸다. 지금 대화창의 배경은 파란색 하늘에 흰 구름과 일곱 빛깔의 풍선이다. 꼭 내가 상상했던 너의 세계다. 구름 모양의 바탕화면에 네가 즐겨 쓰던 보랏빛 글씨체가 금방 입력한 것처럼 보인다. 이게 일 년도 넘은 거라면 누가 믿을까?

우리에 관해서 내가 가진 기억은 단편적이다. 네가 동료들의 표정을 실물과 똑같이 그려 GIF파일로 만들었던 일이 생각난다.

마이클 잭슨의 이모티콘은 바로 이렇게 탄생했다. 또 무수히 많은 조용하고 나른한 오후가 생각난다. 너와 아이미, 그리고 내가 커피를 마시며 책읽기에 빠졌었지. 너는 입을 삐물고 그림에 열중했어. 여기 나무 테이블에는 네가 심사숙고해서 그린 그림, 색깔이 어떤 느낌인지 그어보던 색색의 볼펜 자국, 제멋대로 그린 귀여운 만화까지 그대로 남아 있다. 넌 항상 마음속에 이미 완성된 그림을 생각해놓고 단숨에 그려냈지. 그런데 새롭게 그린 작품마다 우리는 한 번도 보지 못했던 너의 모습이 담겨 있었어.

625 마이클 잭슨 추모 이벤트를 하던 날이 생각난다. 우리 셋은 마이클 잭슨이 그려진 기념 티셔츠를 입고 거리에 나가 사람들의 주목을 받았지. 스타벅스 유리창 밖의 거울 앞에서 우쭐대며 셀카를 찍었어. 또 네가 만들어주던 홍샤오로우(紅燒肉, 삼겹살찜)도 생각난다. 네가 만들어주던 아침 메뉴와 야식으로 먹던 국수도 그립다. 좁고 지저분한 방에서 우리가 만두를 만들기도 했고, 어느 겨울엔 네가 갑자기 전화를 해서, "일 다 보면 우리 집으로 와, 내가 맛있는 거 만들어 줄게"라 말했던 일도 생각난다.

그래, 내 기억은 온통 이렇게 따뜻했던 순간으로 가득하다. 너무도 자잘해서 하나의 이야기로 엮을 수도 없는 단편적인 기억들이지만, 이런 순간의 기억들이 쌓여서 우리가 알고 지낸 4년이 오히려 평생 잊을 수 없는 추억이 되었다! 우리의 깊은 우정은 누구에게 말해도 이해할 수 없을 것이다.

인연은 달리 설명할 필요가 없다. 사랑도 어떤 말로도 설명할 수 없다.

: : 황신

슝둔은 꽃을 무척 좋아했다. 작년, 우리가 함께 살았을 때 그녀에게 꽃을 주는 사람들이 많았던 기억이 난다. 우리 동거인들은 모두 꽃을 좋아하고 깔끔한 사람들이라 방 안에 꽃향기가 가득했던 적이 많았다. 당시 슝둔은 〈꽃을 가꾸던 기록〉이란 시를 썼는데 백합을 가꾸던 에피소드를 적은 것이다. 여기에 그림을 더해 인터넷에 올렸다. 우리는 이 작품을 표구해서 거실 벽에 걸어두었는데, 놀러온 친구들은 그림을 보고 감탄하며 누가 그렸는지를 물었다. 우리가 슝둔이라고 하면 놀라면서 말했다. "원래 슝둔과 알고 지낸 사이였구나! 어서 나도 소개시켜줘…."

슝둔은 당시 정말 인기가 많았다. TV에 나가고 신문에도 실리고 심지어 영화까지 나왔다. 집에서 자주 인터뷰를 했는데, 우리는 그녀의 매니저가 되지 못해 안달이었다. 어느 날은 만나는 사람마다 "오늘 저녁에 CCTV랑 봉황중문 채널을 틀어보세요. 제 룸메이트의 특집방송이 나오거든요!"라고 말한 적도 있었다. 우리는 그녀가 정말 자랑스러웠다! 슝둔은 쉽게 부끄러워하지 않는 사람이라, 머리카락 한 올 남아 있지 않았지만 눈앞에 다가온

기회를 놓지 않았다. 우리는 이런 그녀의 모습에 감탄했다. "무슨 병에 걸린 사람의 모습이 이래? 넌 재능을 뽐내러 오락 프로그램에 나가는 사람 같아!"

슝둔은 단 한 번도 우리와 병에 대해 이야기한 적이 없다. 방 안에 틀어박혀 조용히 그림을 그리거나 영화를 보면서 울보처럼 눈물을 쏟기도 했다. 큰 소리로 웃으며 재밌는 이야기도 하고 식탁 앞에서 친구들과 우스꽝스러운 몸짓을 하며 이야기를 나누곤 했다. 슝둔은 천성적으로 태연함을 가진 사람이라 난관 앞에서도 가볍게 한 번 웃고 말뿐이었다. 매사에 유머와 용기를 가지고 당당히 맞서면서 우리에게 다음에는 무슨 일을 할지 줄곧 읊어댔다. 나는 믿는다. 그녀가 풍부한 상상력을 가질 수 있었던 것, 또 자신감을 가지고 눈앞의 병마와 굳건히 맞설 수 있었던 것, 이 모든 것이 바로 슝둔의 천성 때문이라는 걸 말이다. 한 번은 우리 모두가 베란다에서 베이징 성곽을 향해 소리를 지른 적이 있다. 그때 슝둔의 목소리는 힘차고 씩씩했다. 세상을 향한 원망이나 걱정이 조금도 담기지 않은 목소리에서 우리는 그녀가 분명 종양군을 이길 것이라 굳게 믿었다.

1년은 너무 빨리 지나갔다. 눈 깜짝할 사이 다시 늦가을이 되었다. 우연히 슝둔의 부모님을 만나 뵈었는데, 두 분은 서로를 의지하며 지내고 계셨다. 어머니는 여전히 태극권을 수련하셨고, 아버지는 웨이보에 자주 글을 올리셨다. 아버지의 웨이보는 딸에 대한 깊은 그리움과 함께 딸이 없는 내일을 굳건히 살아가겠다는 강인한 마음도 담겨 있었다. 존경스러울 따름이다.

꽃을 사랑하는 아가씨는 모두 예쁘다. 숭둔, 넌 친구들의 마음 속에 영원히 최고의 미녀란다!

—: : 토끼

나와 숭둔은 한 토론방에서 알게 되었고 2008년에 처음 얼굴을 봤다. 숭둔이 베이징으로 출장을 오게 돼서 급만남을 가졌다. 나는 그녀를 데리고 간식거리를 먹으러 내가 좋아하는 베이징의 골목길로 안내했다. 걸으면서 이야기를 나누던 중 그녀에게 전화가 걸려왔다. 숭둔은 내 앞으로 걸으며 통화를 하다가 갑자기 몸을 돌렸다. 그 순간 나는 셔터를 눌렀는데, 이것이 바로 그녀의 마지막 미소를 담은 사진이 되었다.

숭둔은 그림을 너무나 사랑했다. 삶에서 가장 찬란했던 순간을 그림이라는 귀여운 형식으로 표현했다. 그래서 그녀의 그림을 볼 때면 난 항상 위로를 받았다. 숭둔 스스로도 많이 힘들었을 것이다. 그러나 그녀는 남에게 표현하지 않았다. 내게 그녀와 함께했던 시절은 정말 소중했다.

그리고 일 년이 지난 지금, 그녀를 처음 만났을 때가 떠오른다.

——— : : 왕윤

처음 슝둔을 만났을 때, 그녀는 이미 병원에서 투병을 하고 있었다. 내가 판권계약에 관해 물었는데, 슝둔은 정말 아무것도 몰랐다. 삭제해야 할 부분도 삭제하지 말아야 할 부분도 모두 빼 버렸다. 당시 나는 기가 막혀 한참 동안 멍하니 그녀를 보고 있다가 기운이 빠져버렸다. 나중에 슝둔은 그때의 내 표정에서 큰 위로를 받았다고 한다. 마치 나도 자기와 같은 병을 앓고 있는 사람처럼 느껴졌단다.

처음과는 달리 얼마 후 나는 그녀를 더 많이 도와줄 수 있었다. 영화의 판권과 어플리케이션의 온라인 판권과 같은 것 말이다. 슝둔은 인세를 받아 병을 치료해야 한다고 했다. 특히 정 선배에게 갚을 빚이 있는데, 갚지 못하면 평생 정 선배 집에 첩으로 눌러앉아야 한다고 말이다.

얼마 즈음 뒤에 화학치료로 인해 심각한 식도염이 생겼다. 음식을 삼킬 때마다 통증을 느껴 영양액을 마실 수밖에 없었다. 고작 마시는 것인데도 목으로 넘길 때마다 칼을 넘기는 것 같다고 했다. 한번은 같이 밥을 먹었는데 옆방에 가서 영양액을 마시던 슝둔이 울부짖는 소리를 냈다. 슝둔의 엄마와 아이미가 순식간에 낯빛이 바뀌어 급히 뛰어 들어갔다. 잠시 시간이 흐른 뒤 슝둔은 아무 일도 없었다는 듯 농담을 하면서 나왔다. 그러나 그 고통스러운 소리는 보통 사람이 낼 수 없는 소리였다.

봉황티비에서 천루위(陳魯豫)가 진행하는 토크쇼 〈루위와의 만남〉을 녹화할 때의 일이다. 세트장에 올라가기 전 슝둔은 생수병을 들고 대기실에 앉아 있었다. 미리 진통제를 먹었는데 갑자기 내게, "큰일 났다"라고 했다. 너무도 놀라 무릎을 꿇고 무슨 일이냐고 물었다. 약 기운이 퍼져 잠이 온다는 거였다. 그녀의 눈빛에 장난기가 가득했다. 녹화가 시작되자 슝둔의 주위가 환하게 빛났다. 진행자의 질문에 적극적으로 대답하면서 무사히 녹화를 마쳤다. 그녀가 건강했다면 훨씬 더 많은 끼를 보여줬을 텐데….

슝둔의 장례식에 거의 5백 명에 달하는 조문객이 왔다. 수많은 사람들이 슝둔과 개인적인 친분이 없는데도 스스로 찾아왔다. 빈소에는 마이클 잭슨의 'Pretty Young Thing'이 흘러나왔다. 이 지역에서 슝둔의 장례식과 같은 풍경은 다시 볼 수 없을 것이다.

:: 정 선배

2012년 11월 초, 토크쇼 〈루위와의 만남〉에 출연하기 위해 나는 너와 함께 옷을 사러 갔었지. 네 취향에 꼭 맞는 가게를 찾아 들어가 몇 벌을 골라보니 어느새 두 손에 옷이 가득했어. 네가 마음에 드는 옷을 한 번 입어보려고 탈의실에 들어갔는데, 들어가자마자 탈의실에 비치된 힐을 신고 나와 이렇게 말했지. "이

군인병실

신발 정말 예쁜데 안 파나요? …안 파세요? 그럼 제가 그냥 신고 도망가야겠네요. 하하! 정 선배! 이리 와서 한 번 신어봐, 한 번도 힐을 신은 걸 본 적이 없다니까, 한 번만 보여줘요….” 네가 그렇게 좋아하는 모습을 보니 나도 약간 흥미가 생겼어. 내가 높은 힐을 신고 비틀거리며 어쩔 줄 모르다 고개를 들어보니 너는 그런 내 모습을 휴대폰으로 찍고 있더라. 그러고는 이렇게 말했지. “정말 바보 같아, 아무리 톰보이 스타일이라 해도 힐도 신을 줄 모르다니!”

작은 해프닝이 끝나고 우리는 마침내 옷을 입어보기 시작했어. 나는 우리 둘의 가방을 끌어안고 탈의실 바깥에 있는 의자에 앉아 있었고, 너는 옷을 한 벌씩 갈아입고 나와 내 앞에 나타났어. 먼저 포즈를 취하고는 이내 엉덩이를 흔들며 이리저리 내 앞을 걷다가 멈추곤 다시 몸을 돌려 서더니, “어때?” 하고 물었지. 어떤 옷은 둘 다 마음에 들어서 바로 샀고, 또 어떤 옷은 의견 차이가 있었어. 의견 차이를 보인 옷은 입고 걸어보면서 다시 느낌을 살폈지. 또 내가 아예 보지도 못한 옷도 있었어. “에이, 너무 안 예뻐, 나 이거 안 입을래!” 탈의실에서 네가 이렇게 외쳤거든.

한바탕 패션쇼를 끝내고 돌아가던 중 넌 여름옷을 할인하는 매장을 봤어. 난 아무 생각 없이 말했지. “이제 겨울인데 여름옷은 뭐 하러 봐!” 그러나 넌 내 말이 끝나기가 무섭게 뛰어가면서 대답했지. “지금 쌀 때 사야지! 가난한 사람들은 이렇게 소비하는 거라고! 이거 예쁘다, 이것도 괜찮은걸! 여름이 되면 나는 병도 다 나을 테니까 머리 기르고 다이어트 좀 해서 이렇게 예쁜 옷을 입어야지! …호호호 노력해야 해!" 이렇게 해서 난 다시 네 옆에 앉아 여름옷을 입어보는 너를 감상했단다. 이리저리 왔다 갔다 하는 너의 모습과 또각또각 분주히 걸어다니는 구두 소리, 그리고 즐겁게 웃고 떠드는 너의 목소리가 모두 내 기억 속에 분명하게 새겨져 있어.

거기서 산 옷들을 너는 정말 좋아했지. 그래서 〈루위와의 만남〉에 나갈 때도 입었고, 너는 모르겠지만 네가 떠나던 날도 어머니께서 입혀주셨단다.

: : 장미(Anita)

나와 슝둔은 자주 만나지는 못했지만, 우린 언제나 가장 친한 친구였다. 그녀와 미친 듯이 이야기를 나눌 때면 정말 즐거웠다. 아마 내 성격 탓일 테다. 내가 본 슝둔은 자유분방한 친구가 아니다. 세심하고 정이 많으며 친구를 먼저 위했다. 다른 사람의 입장이 되어 생각해보고 행동했다. 그러다 의견차이가 생기면 뾰족한 가시 같은 말을 했는데 그마저도 매우 귀여웠다. 슝둔은 대중에게 긍정적 에너지의 상징이었지만, 난 그녀를 생각하면 웃음부터 나온다.

숭둔이 떠난 뒤에도 난 여전히 습관적으로 메신저와 채팅창을 켜고 그녀를 부른다. 그러나 돌아오는 대답은 없다. 난 그제야 깨닫기 시작한다. 이제 내 생각과 마음을 솔직하게 이야기할 수 있는 사람이 영원히 사라졌다는 걸 말이다. 숭둔은 내게 우리의 우상을 위한 동영상을 제작하라고 권했다. 그녀는 끊임없이 나를 격려했고 다양한 아이디어와 영감을 주었다. 당시 나는 한 편이고 두 편이고 완성하는 대로 바로 그녀에게 보냈다. 난 숭둔이 과장되게 칭찬해주는 말이 좋았다. 한바탕 칭찬을 하고 나서 그녀는 조심스럽게 유용하면서도 전문적인 건의를 해주었다. 그러나 마지막 작업, '마이클 잭슨 밴드 25 기념작'은 칭찬도 건의도 듣지 못했다. 그녀는 이 작품의 완성을 기다릴 수 없었던 거다.

난 다시 그녀와 대화하고 싶다. 기운 없는 목소리라도 듣고 싶다. "아니타, 나 눈을 못 뜨겠다. 우리 다음에 다시 이야기 하자…" 난 숭둔의 장난이 보고 싶다. 그녀에게 속마음을 털어놓고도 싶다. 그러나 이젠 모두 불가능해졌다. 외로울 때나 억울한 기분이 들면 그녀를 찾아가 내 속마음을 전했다. 숭둔은 조금도 비웃지 않고 언제나 이렇게 말해주었다. "널 이해해!" 이 말을 듣고 나면 충분히 위로가 되었다.

지금 이런 일들을 생각하면 아직도 마음속은 달콤하고 따뜻하다.

웃어요,

마음이 아프더라도.

웃어요,

가슴이 찢어질 것

같아도.

내 미소가
세상의 먹구름을 걷어내주길 바랄게,

당신을 위해!

滚蛋吧! 肿瘤君 · 꺼져줄래 종양군!

스물아홉 나는, 유쾌하게 죽기로 했다

초판1쇄 인쇄 2016년 7월 15일
초판1쇄 발행 2016년 7월 20일

지은이 슝둔
옮긴이 김숙향 · 다온크리에이티브

펴낸이 연준혁
웹툰사업분사장 박동훈
편집 최찬규

펴낸곳 ㈜바이브릿지
출판등록 2015년 02월 06일 제 2015-000048호
주소 서울특별시 마포구 동교로 199, 4층 (동교동, 우성빌딩)
전화 031-900-9950 **팩스** 031-903-3893
이메일 webtoon@bibridge.co.kr

판매처 ㈜위즈덤하우스
주소 경기도 고양시 일산동구 정발산로 43-20, 센트럴프라자 6층
전화 031-936-4000 **팩스** 031-903-3893
홈페이지 www.wisdomhouse.co.kr

ISBN 979-11-87333-06-7 03820

*잘못된 책은 바꿔드립니다.
*책값은 뒤표지에 있습니다.
*이 도서의 국립중앙도서관 출판도서목록(CIP)은 서지정보유통지원시스템 홈페이지(http://seoji.nl.go.kr)와 국가자료공동목록시스템(http://www.nl.go.kr/kolisnet)에서 이용하실 수 있습니다.
(CIP 제어번호: CIP2016016833)